MISTERIOSO ASESINATO EN NUEVA YORK

LOS CASOS DE JENNIFER PALMER

MISTERIOSO ASESINATO EN NUEVA YORK

LOS CASOS DE JENNIFER PALMER

Arthur R. Coleman

Título: Misterioso asesinato en Nueva York
Autor: Arthur R. Coleman
ISBN: 978-84-948212-3-3
Diseño de cubierta: Miquel Xambó
Maquetación: Miquel Xambó
Edición: enero 2018
© 2018, del texto Arthur R. Coleman
© 2018, de la edición Books Factory
Edita: Books Factory
Email: info@booksfactory.biz

ÍNDICE

1

NUEVA YORK. OCHO DE LA MAÑANA

—¡Buenos días, Nueva York! ¡En directo desde radio Nueva York en el programa La Mañana! Hoy hablaremos de la felicidad cotidiana, de la felicidad de las pequeñas cosas, de los instantes y detalles corrientes que nos hacen sentirnos bien.

La voz de Bob Johnson, el entusiasta locutor del programa, sonaba alegremente en las ondas y llegaba a miles de oyentes en sus primeros momentos del día.

La alegre musiquilla sonó unos segundos.

—¡Tenemos una primera llamada en antena! ¡Hola, Evelyn, háblenos de su momento feliz del día!

—¿Sí...? Buenos días —una angustiada voz femenina se oyó al otro extremo de la línea—. En realidad... quiero hablar del sufrimiento.

—Bueno, el tema de hoy es la felicidad —Bob miró con cara de pocos amigos al encargado de filtrar las llamadas, pero como era un tipo con recursos dialécticos y sabía bien cómo dirigir a sus oyentes, desvió la conversación hacia donde más le interesaba—, pero podemos verla también desde el reverso de la infelicidad. Cuéntenos por qué aún hoy no es un día feliz y hagamos que lo sea desde aquí, desde La Mañana en directo.

—Vivo una pesadilla. Tengo auténtico terror a...

Ante el silencio que continuó a las inquietantes palabras, Bob intervino.

—Hola… ¿Sigue ahí? Evelyn… —aunque desde la cabina, el técnico le indicaba por el pulgar que la llamada seguía en línea.

—Sí, sí… aquí estoy… ¿puede… puede haber felicidad en la muerte?

—¿Ha fallecido algún ser querido recientemente?

—Aún no…

—¿Está enfermo?

—No, no… Soy yo, pero estoy muy sana… Totalmente sana…

—No entiendo…

En ese momento se oyó una fuerte detonación e inmediatamente un sonido sordo como el de un cuerpo al desplomarse. El silencio siguió al otro lado de la línea.

—¡Oiga! ¡Oiga! ¡¿Eso ha sido un disparo?! ¡Evelyn! ¡¿Se encuentra bien?! —Bob Johnson apretó el botón para cerrar su voz a la audiencia y hablar con el técnico de la cabina—. ¡Llamad a la policía! ¡Ya!

Las ocho y dos minutos.

2

BRIGADA CRIMINAL

Mientras Mark Crowell, el atlético inspector de la brigada contra el crimen de la ciudad de Nueva York, escuchaba la grabación que le habían pasado. A su lado, Ron Speegle, uno de los dos detectives bajo su mando, comía un donut y daba pequeños sorbos a un café bien cargado dando la sensación de que su largo cabello castaño y su nariz prominente iban a mojarse a cada sorbo en el líquido negruzco.

Perry Howard, el miembro más joven del equipo, intervino con un gesto indiferente.

—Un suicidio en directo. ¿Qué tiene que ver con la brigada?

—Kenneth Foster, el padre de la fallecida, es amigo de la infancia del jefe. Me ha pedido que husmeemos un poco para quedar bien con la familia y hacer ver a la prensa que nos ocupamos de que los muertos descansen en paz —resopló y dejó caer el bolígrafo que tenía entre sus dedos.

—Los muertos de familias importantes no quieren ser molestados por la prensa —masculló Perry.

—¡Vaya marrón! —intervino Ron con su recia voz a juego con su corpulencia—. Acabemos lo antes posible, que estas cosas acaban por salpicar a los que andan por el medio.

—Pues sí… No parece que haya mucho que investigar —contestó Mark—. De todas formas, vayamos al apartamento del suceso y cerremos el asunto.

3

CENTRAL PARK

Jennifer alargó el paso al llegar a una ligera pendiente. De vez en cuando le gustaba acercarse a Central Park para hacer algo de ejercicio. Su teléfono móvil vibró en el bolsillo lateral del chándal.

—Hola —se oyó la voz de Mark al otro lado del teléfono—. Te oigo jadear, como cuando... Ya sabes.

—Sí, sí, entiendo... —contestó la joven aún jadeante y se quitó la goma que recogía su largo pelo castaño en una coleta y dejó que cayese sobre sus hombros—. La verdad es que aunque esto también es relajante, no es exactamente lo mismo.

—¿Corriendo por Central Park?

El apartamento de Jennifer estaba en Brooklyn, cerca de Central Park, en la punta oeste de Long Island, y siempre que podía salía al amanecer a correr.

—¡Ajá! Dime.

—Estoy con un caso. Bueno, no es exactamente un caso. Verás, el comisario me ha sugerido que demos un vistazo a un asunto. En realidad, es un favor a un amigo para tranquilizarle. Estoy en el apartamento donde hemos encontrado el cadáver de una chica que se ha suicidado. Me gustaría que echases un vistazo. Bueno, y que nos viésemos —el inspector cambió de tono de voz para que no se notase que la llamaba más para encontrarse con ella que para otra cosa—. ¿Te recojo en una hora?

—Está bien —confirmó Jennifer y cortó la llamada.

La verdad es que sólo oír la voz del detective en el altavoz del teléfono sus pulsaciones se habían acelerado y quizá sus suaves jadeos al correr se habían incrementado ligeramente. Sonrió para sí, y aligeró el paso para volver lo antes posible a su casa, ducharse y ponerse en marcha. Le gustaba colaborar con Mark. Un magnífico detective, con el aliciente de que, además de sus citas periódicas para hacer el amor, al estar juntos mientras duraba un caso, surgían momentos para algún que otro encuentro pasional.

4

APARTAMENTO DE EVELYN FOSTER

Al tiempo que la veía llegar, Mark abrió la portezuela del potente Chrysler 300S, en el que esperaba a Jennifer aparcado cerca del edificio de su apartamento.

El inspector la saludó con una sonrisa seductora y una mirada encendida. Pantalón ceñido, suéter amplio de cachemir beige, abierto en pico y unos pantalones a juego, ajustados a sus largas y torneadas piernas y zapatos cómodos de tacón bajo. Una chaquetita de lana ligera color marengo apenas la cubría por delante dejando ver la curva sinuosa de sus senos.

—A ver, cuéntame de qué va todo esto, *mon ami* —le devolvió la sonrisa Jennifer, con el mejor acento francés que había aprendido en el año que estudió criminología en la Universidad de París.

Jennifer se había formado en criminología en la Universidad Estatal de Nueva York en Albany, y ya allí destacaba por su agudeza mental y pronto se ganó un prestigio gracias a sus acertados diagnósticos, como consultora en casos criminales y en la revisión de casos abriendo nuevas perspectivas de investigación.

—Ya sabes, el capitán Mael me ha pedido que desde la brigada le echemos un vistazo a este desagradable asunto. Evelyn Foster, la chica que se ha suicidado, es la hija de un amigo del capitán. Así que, si te apuntas, te deberé un favor, aunque me parece que poco hay que ver en este caso, pero es una buena ocasión para vernos y…

—Siempre tan romántico.

—Llevamos sin vernos más de quince días —se quejó el detective.

—Bien, veo que llevas la cuenta. Eso está bien. Me apunto a las dos cosas, a dar un vistazo a lo que haya que ver, y después echarte otro a ti —respondió, seductora, Jennifer, mirando al detective embutido en uno de sus trajes informales que resaltaba su poderosa complexión.

—¡Excelente! Un plan perfecto.

—¿Y ahora adónde me llevas? —preguntó Jennifer.

—Al apartamento donde está el cuerpo.

—¿Y cómo lo habéis encontrado?

—La chica se suicidó en directo en un programa de radio.

—¡Guau! —exclamó Jennifer.

—Sí, un tanto excéntrico. La policía localizó la llamada por el número de teléfono que la muchacha dio en antena. Y enseguida hemos dado con su familia. Son los Foster, los de las cadenas de supermercados.

Mark le puso el audio de la llamada a la radio para que la joven se situase mejor en el contexto de lo sucedido. Y cuando acabó, la criminóloga volvió a escuchar la parte final varias veces.

5

UN BELLO CADÁVER

El edificio ubicado en una exclusiva zona de Park Avenue, estaba rodeado de coches patrulla. Las habladurías ya inundaban las redes sociales. En breve, la noticia de lo sucedido recorrería las redacciones de todos los medios de comunicación y en un par de horas estaría en todas las cabeceras de los noticiarios. La peor pesadilla para un inspector de homicidios, y más tratándose de la ciudad de Nueva York.

Mientras bajaba del coche, una gota de agua cayó desde lo alto presagiando la inminente lluvia y se deslizó por la mejilla de Jennifer, esquivó la chaqueta de lana y el suéter de pico hasta caer por el escote y deslizarse hasta sus senos. Eso le recordó que estaba cerca de Mark y que después del trabajo jugarían entre las sábanas de su apartamento. En cuanto entró en el edificio, se desató una suave llovizna primaveral.

Mark dejó pasar primero a Jennifer, pero en su interior no lo hacía por simple galantería sino por admirar su estilizada figura. Aun así, y a pesar de los tacones y de que Jennifer era una mujer alta, de más de un metro setenta centímetros, Mark era un palmo más alto. El inspector a sus treinta y cinco años estaba en plena forma, incluso parecía más joven con su pelo rubio algo rizado, la piel bronceada, los ojos azules y un aspecto sutilmente desaliñado. El inspector suspiró para sus adentros, tal vez cuando cayese la noche… Amantes desde hacía algo más de un año, nunca se cansaba de hacer el amor con ella, quizá saber que cada encuentro podía ser el último le excitaba aún más. Una mujer independiente, libre de amar y ser amada que no se plegaba a los convencionalismos sociales y que decidía a cada momento con quién estar o dejar de estar. Por eso él sabía que su relación amorosa podía acabar en cualquier momento, aunque si por él fuese la relación duraría toda la vida, pero trataba de que la joven no lo notase, no fuese a recelar de que él quisiese un compromiso más estable y saliese huyendo.

—El audio del suicidio recorre las redes sociales —apuntó Ron, que les esperaba en el salón del apartamento.

El cadáver de la muchacha estaba reclinado sobre un diván. Sus brazos desnudos mantenían una postura perfectamente natural y alrededor del boquete sangriento del disparo en la sien, el maquillaje parecía una macabra continuación de los tonos rojizos de su propia sangre.

Mark miró el cuerpo de la joven delicadamente reclinada en el diván, y por un momento dudó que estuviese muerta. Poco más de veinte años, cabello moreno y piel pálida, de mediana estatura y complexión delicada.

—Es la segunda hija de Kenneth Foster —aclaró Ron mirando las notas que llevaba en su Smartphone—. El patriarca tuvo dos hijos; primero Michael, y quince años después nació Evelyn.

Mientras Mark miraba absorto el cuerpo, Jennifer realizaba un examen ocular del apartamento. No había rastro alguno de ninguna clase de altercado. Todo estaba cuidadosamente pulcro y ordenado. Entró en el baño. También allí dominaba el orden y la limpieza. En un cubo se veían unas esponjitas con restos de maquillaje. Abrió un armarito y vio los cosméticos y las cremas en sus envases perfectamente ordenados y cerrados.

Jennifer regresó a la sala y la recorrió ordenadamente. Un apartamento aséptico, impersonal, como si la persona que vivía allí estuviese de paso. Luego se acercó y miró con detenimiento el rostro desfigurado de la joven.

—¿Qué tenemos aquí? —Jennifer oyó la voz recia del doctor Gardner en la entrada dirigiéndose a Mark—. Vaya, vaya... un día ajetreado en la oficina.

—Un suicidio más en esta desquiciada ciudad —contestó Ron dejando paso al médico forense—. Poco hay que ver, ponga en el informe: suicidio, y vayámonos que tenemos mucho trabajo pendiente en la brigada.

—De cualquier forma, muchacho, hay que hacer la autopsia. Cualquier suicida sabe que debe pasar por mi mesa y mi bisturí antes de dejarle descansar en paz.

—¿Cuándo tendremos la autopsia, doctor?

—Vaya, si tenemos aquí a la más bella y competente criminóloga de la ciudad de Nueva York —dijo Gardner, con su vozarrón que no encajaba aparentemente con su baja estatura, su calvicie, la piel pálida y las mejillas sonrosadas.

—¿Sólo de Nueva York? Me ofende, doctor —dijo socarronamente Jennifer.

—En un par de días, como es habitual, o tres... ¿O hay prisa por algo en especial?

—Sigamos el protocolo —intervino Mark, acercándose—. Es un caso sencillo. Sólo falta saber el motivo, pero eso seguramente quedará guardado en el ámbito emocional de esta pobre chica.

Gardner colocó su maletín de piel negro sobre una mesa y los abrió con destreza.

Se acercó al teléfono móvil que estaba boca abajo en una alfombra a algo más de un metro del cuerpo.

—¿Alguien ha tocado el móvil? —preguntó Jennifer.

—No —aseguró Mark y el policía que estaba de guardia lo corroboró:

—Sigue exactamente en el mismo sitio que estaba cuando entramos al apartamento.

El doctor sacó unos finos guantes, recogió con cuidado el dispositivo electrónico y lo puso a buen recaudo en un departamento de su amplia cartera. Una vez satisfecho se acercó al cadáver.

Jennifer se apartó, se puso junto al ventanal y estuvo mirando el ajetreo de la calle.

—¿Has acabado? —le preguntó Mark acercándose por detrás hasta oler el suave perfume que emanaba su largo cabello castaño.

—De momento, sí.

Los dos dejaron del apartamento y mientras bajaban en el ascensor y salían del edificio, Jennifer empezó a explicar su opinión sobre lo sucedido.

—Aceptamos con un gran entusiasmo lo que está en sintonía con nuestras ideas preconcebidas y rechazamos lo que está en contra.

—Así que somos tontos.

—En buena medida, sí. Nos lo creemos todo, al menos en un primer instante de recibir una información. Entramos en una habitación donde sabemos que se ha oído un disparo y vemos un bello cadáver artísticamente dispuesto e inmediatamente pensamos que se ha suicidado.

—Deducimos que se ha suicidado —objetó Mark—. Una llamada en directo, un disparo, un apartamento cerrado, una chica sola...

—Decidimos que se ha suicidado —puntualizó la joven—. Pero, ahora viene la parte que nos interesa; pasado ese primer obstáculo, nuestra mente es de naturaleza desconfiada. Evaluamos de nuevo la información y somos capaces de rechazar lo que no nos cuadra y dejar visible lo que sí.

—Continúa... —le instó Mark, que sabía que los análisis de la criminóloga, aunque al principio pudiesen parecer inconexos con el caso, acababan aportando luz a la oscuridad.

—Poseemos finos mecanismos cognitivos de observación, análisis y, finalmente, decisión. Primero lo hacemos de forma inconsciente, por eso me has llamado, bueno... entre otras cosas —sonrió Jennifer—, pero enseguida, con toda esa información inconsciente, la razón se pone al mando y nos dice lo que sucede en realidad.

—¿Y en este caso es...? —comenzó a impacientarse el detective intuyendo de hacia dónde iba su razonamiento.

—Que esta chica es muy posible que no se suicidara.

—¡Es evidente que es un suicidio! —exclamó Mark, sabiendo en el lío que iba a meterse con toda la brigada detrás si hacía caso a lo que decía Jennifer.

—¿Suicidio? Puede ser —admitió Jennifer—, pero, si lo es, se trata de uno realmente excepcional.

—Vale, vale. ¡¿De qué estás hablando?! Es que no podemos cerrar el caso y dejar a la chica descansar en paz.

—¿No te has dado cuenta de algo raro?

—¿A qué te refieres?

—Una muchacha se va a suicidar, pero antes de llamar a la radio, desde donde nadie puede ver su aspecto, decide darse unos esmerados retoques en el maquillaje, tanto que si no fuese por el disparo podría parecer un maniquí.

—Quizá fuese coqueta y quiso dejar un bello cadáver.

—Vamos, hombre, ¿y se pega un tiro en la cabeza? No, ninguna mujer se maquilla con tanto esmero si no es que espera a alguien a quien quiere gustar, y aunque lo hubiese hecho para después suicidarse se hubiese disparado en el corazón, no en la cabeza y desbaratar todo el trabajo de maquillaje que le habrá llevado al menos media hora.

—También es posible que viese a esa persona y luego se suicidase.

—No, no lo creo, por la textura que presenta el maquillaje no se lo puso hace mucho y no hay rastros de que nadie más haya estado recientemente en el apartamento. De todas formas, la científica nos podría dar más datos si dejamos de verlo como un suicidio y le tratamos como un posible asesinato. Además, no ha dejado una nota, y los suicidas que han premeditado cómo y cuándo se van a quitar la vida, suelen dejar una nota.

—Podemos considerar la llamada a la radio como una nota.

—En la nota se suele dar una explicación más amplia y detallada de los motivos que le impulsaron a hacerlo. No, tenemos que buscar las pruebas para pasar del creer al saber. Y una de ellas es que en la grabación se oye el sonido del cuerpo al desplomarse sobre el sofá, pero no se oye el del teléfono que se encontraba algo alejado del cuerpo y debería oírse, aunque fuese un sonido débil. Haz que Gardner y la científica se pongan con el caso como si fuese un homicidio.

—Maldita sea —masculló Mark, sabiendo que la joven tenía razón y que esos detalles le iban a impedir cerrar el caso sin más, al menos hasta que tuviese una explicación razonable. Cogió el teléfono y llamó a Mael.

Cuando salían del edificio, los medios de comunicación rodeaban a Michael, el hermano de la fallecida. Mano derecha de su padre en la empresa, se notaba por el tono de la voz y sus ademanes que era un hombre acostumbrado a mandar.

—Estamos desolados por la tragedia. Amamos mucho a Evelyn y la echaremos mucho de menos. Por favor, os pedimos que se respete nuestra privacidad en estos momentos tan difíciles —ante la insistencia de algunos de los reporteros, concluyó—: Cualquier declaración que sea necesaria se hará a través de un comunicado de la familia. Gracias.

Michael y Mark se encontraron en la entrada del edificio y el detective se presentó y le dijo que estaba a su disposición y que iban a trasladar el cuerpo de su hermana al laboratorio forense para hacerle la autopsia. El hombre de unos cuarenta años, con un traje gris a medida y sin corbata, asintió y se dirigió hacia el ascensor, pero Mark le dijo que no iba a poder entrar en el apartamento y que cuando el cuerpo de su hermana estuviese listo se lo haría saber. Michel Foster, sin más, se dio media vuelta y volvió a salir del edificio esquivando a los reporteros metiéndose de inmediato en un coche de gran cilindrada que le esperaba justo en la acera.

Al ver que se les escapaba la presa, los reporteros dirigieron su interés hacia Mark y la criminóloga, pero ninguno de los dos soltó prenda. El Chrysler 300S de Mark enfiló la avenida Madison y al rato pasó junto al parque Marcus Garvey, donde Jennifer de pequeña más de una vez había ido con su padre a la piscina pública, antes de que muriese en una misión para los servicios de inteligencia siendo ella apenas una niña.

6

LA BRIGADA CRIMINAL

En menos de treinta minutos los dos, Jennifer y Mark, estaban frente al capitán en su despacho, que, si no hubiese sido por sus grandes ojos bien abiertos, el color de su piel y de su traje hubiesen pasado inadvertidos sobre el color negro de su sillón ejecutivo.

—¡¿Cómo que una investigación por asesinato?! Aún no han pasado más que unas pocas horas y ya me ha llamado todo el mundo de las altas esferas, sólo ha faltado el gobernador para que cerremos ya este desagradable asunto. Autopsia, informe y entierro. Hasta en las redes sociales corre como la pólvora el suicidio de esta pobre muchacha. A ver, decidme algo que me convenza de que no os habéis vuelto locos. Además, ¿tú que haces aquí? —le preguntó a Jennifer, aunque lo que esperaba era una respuesta del detective.

—Le pedí que viniese para tener una opinión más —contestó Mark—. Es probable que la chica no se suicidase. Iba demasiado arreglada para después suicidarse —oyéndose a sí mismo, hasta al mismo detective le pareció poco sólido el argumento, incluso ridículo, a diferencia de cuando Jennifer se lo había planteado que había adquirido verosimilitud y coherencia—. Además, en la grabación no se oye el golpe contra el suelo del arma con la que supuestamente se suicidó.

—Y aparte de esas conjeturas, ¿tenéis algo sólido? —Mael puso las manos sobre el escritorio, señal de que no estaba nada satisfecho con lo que oía.

—Lo tendremos —intervino Jennifer.

—¡¿El qué?! ¡¿Cuándo?! —se impacientó el capitán.

21

—Pronto —insistió la joven—. Volveremos al escenario del crimen... Nadie se arregla tanto si piensa suicidarse cinco minutos después.

—Hay gente rara en todas partes, y más entre los suicidas. Así que de momento no es más que un suicidio —le cortó Mael y se pasó una de las manos por su cabeza con el pelo al ras. Jennifer sabía que era un hombre leal, capaz de defender a sus amigos hasta las últimas consecuencias, pero antes de nada era honesto y si había la mínima posibilidad de que fuese un asesinato no iba a mirar hacia otro lado, aunque esto importunase a la familia o a toda la ciudad.

—Gardner tendrá esta tarde la autopsia. Además, capitán, si el detective Crowell ha querido que yo estuviese en el *asunto* —dijo Jennifer arrastrando la palabra en vez de decir que se trataba de un caso— es porque en el fondo no lo tenía claro.

—En realidad lo tenía claro, simplemente quería...

—Sí, sí —le cortó el capitán—, quería que la familia y la gente de la ciudad viesen que hacemos todo lo posible para que no queden dudas de ningún tipo, y tú... —se dirigió a Jennifer—. Bueno, tú eres tú.

Aunque los dos veían las cosas de manera muy diferente, el capitán sabía de las dotes de Jennifer y cuando había algún caso complejo o de especial relevancia pública él mismo pedía que participase como consultora, pero siempre mantenía una cierta prevención hacia sus métodos a veces poco ortodoxos.

—Tenéis 24 horas.

—Pero... —trató de objetar Mark.

—Ni una más. No puedo decir a la familia y a los medios de comunicación, eh, esperad que igual se trata de un asesinato. 24 horas. Después el expediente se cerrará como suicidio o se abrirá el caso por asesinato.

En cuanto salieron del despacho del capitán, Mark preguntó, sorprendido:

—¿Esta tarde? ¿Tan rápida crees que estará la autopsia?

—El doctor aún no lo sabe, pero sí, la tendrá lista. Conmigo Gardner es más humano que contigo.

—Las redes sociales echan humo —dijo Ron saliéndoles al paso antes de que llegasen a la zona de trabajo de la brigada—. El suicidio en directo se ha vuelto trending topic nacional.

—Esto no es nada bueno —a Jennifer le preocupaba las interferencias de la prensa y de la opinión pública, y temía que cuando se supiese que era un asesinato iba a ser mucho más difícil encontrar rastros sin contaminar—. Las noticias morbosas y las manipuladas o directamente falsas dominan las redes sociales, y los medios de comunicación más tradicionales no quieren perder su cuota de audiencia y se suman con entusiasmo e incluso las hinchan para poder subsistir.

—No quieren desaparecer —opinó Ron en cuanto llegaron a la sección.

—En las próximas ediciones de la prensa saldrá a toda plana, y las radios y televisiones ya están emitiendo programas especiales —intervino Perry, que estaba sentado frente a su mesa llena de lápices y bolígrafos de diferentes colores en sus respectivos recipientes. El miembro más joven de la brigada frunció sus finos labios, que a primera vista le hacían parecer menos corpulento, fuerte y decidido de lo que en realidad era.

—Es fácil manipular a la gente —afirmó Jennifer—. Ante la duda, somos desconfiados. Pero cuando hay una creencia previa que condiciona la información que nos llega, nos tragamos cualquier cosa. Y en este caso, creemos lo que oímos, porque viene de una emisora de radio en la que miles de personas confían, y lo que viene después es para la mente tan real como si lo estuviésemos viendo en directo, incluso más. Prácticamente miles de oyentes han visto cómo la chica cogía una pistola y se pegaba un tiro en la cabeza. No hay duda alguna que nos haga desconfiar.

Jennifer bajó a la sala de autopsias a ver al doctor Gardner y explicarle la situación, mientras el detective se quedaba en la brigada trabajando en el caso con su equipo.

—¿Podrías decirme cuándo se puso el maquillaje, además,

claro, de cuándo sucedió el disparo?

—Muchas cosas y difíciles. Lo que sí te podré decir, y creo que es una de las cosas que más te preocupan, es si hay rastros de pólvora en la mano de la joven, ¿no?

—Cierto, pero una vez sabido eso, lo otro es muy relevante para cerrar el caso como un suicidio, o abrirlo como asesinato.

7

AGENCIA SOLUTION CHANNEL

Jennifer, a sus escasos treinta años, poseía su propia agencia y en más una ocasión actuaba como consultora para la brigada de Inteligencia Criminal de la ciudad de Nueva York. Una mente brillante en un cuerpo escultural.

Aparcó en los sótanos del edificio donde estaba la agencia en un espectacular edificio de acero y cristal, en Bajo Manhattan. Subió hasta la décima planta y la entrada de cristal blanco reluciente la recibió junto a la sonrisa de Emma, su versátil secretaria, que estaba apoyada mirando unos papeles en la barra de recepción de tonalidades verdosas satinadas.

—¡Caso resuelto! ¡Y en menos de cuarenta y ocho horas! —exclamó Úrsula mientras entró casi al mismo tiempo acompañada John Glow, refiriéndose a un caso que acaban de resolver exitosamente.

Úrsula Pierce una pelirroja guapa e inteligente. su largo cabello ondulado contrastaba a la perfección con su sobrio traje color perla.

—Éxito y dinero rápido y fresco —sonrió John Glow, un brillante especialista en sistemas informáticos y alta tecnología que, lejos del prototipo anodino que suele corresponder a los informáticos, era un hombre, mediada la treintena, atractivo, musculado, moreno, pelo corto y traje a medida. Una especie de detective informático.

—Está bien, chicos —dijo sin mucho entusiasmo Jennifer—, hemos cerrado un caso, pero ahora dejaos de vanagloriaros que tenemos trabajo. Ya lo celebraremos el viernes por la noche en El Laberinto.

—¡Eso, eso! —aplaudió Emma sin sonido alguno—, que hace tiempo que no vamos a ver a Kayla.

Kayla era la propietaria de El laberinto, un local con excelente música, sorprendentes cócteles y buena comida, según el gusto de la dueña.

Jennifer sonrió para sí con la visión de Kayla, una hermosa mujer de un metro ochenta con la que había compartido más un tequila al atardecer, y una noche de alcoba al anochecer. La joven se acercó a la zona de descanso y se preparó un café, solo, sin azúcar.

—Hemos aceptado tres nuevos encargos —se aproximó Emma—. No creo que podamos prescindir de nadie para otro caso. Además, ¿quién pagaría?

—Siempre tan pragmática —dijo Jennifer mirando con estima a Emma Haggerty. Su aspecto candoroso y su piel suave, con el cabello rubio cortado al dos, apenas dejaba traslucir su carácter dinámico y decidido. Pero sin dejarse influir, Jennifer dio las órdenes oportunas para que parte de su equipo se pusiese manos a la obra con el caso de Evelyn Foster.

Su equipo estaba formado por seis colaboradores, contando a Emma, que hacía de secretaría y de mil cosas más.

El grupo llegó a través de unas separaciones de cristal y acero a una amplia sala con varias pantallas en las paredes y una más grande en una estructura a modo de mesa. Aparte de otras mesas más pequeñas con pantallas integradas para cada uno de los miembros de la agencia.

Los amplios ventanales dejaban pasar la luz natural y durante el día apenas hacía falta la iluminación eléctrica.

Unas oficinas modernas y eficientes.

Jennifer reunió a los seis miembros del equipo a su alrededor.

—Úrsula y John os vais a dedicar por entero a este caso, con el apoyo de Emma. Los demás, Donald, Ben y Nicole podéis seguir con lo que estabais haciendo y lo que ellos van a dejar de hacer. Emma os especificará las tareas complementarias.

Todos asintieron y se pusieron en marcha.

Era obvio que generalmente los clientes de Solution Channel eran gente adinerada y relevante, pero eso no era óbice para que Jennifer aceptase casos que fuesen intelectualmente prometedores donde el dinero era un asunto secundario.

Jennifer cogió su coche, un reluciente Opel Cabrio blanco y descapotable, y fue en busca de Mark. Por el camino, pulsó el botón *start* y al instante sonó el piano, el saxo y la batería de *Take Five* de Dave Brubeck.

En cuanto el detective subió al coche, Jennifer le dijo:

—Vayamos a la emisora de radio. El programa de la mañana está a punto de acabar y podremos interrogar a los implicados.

Por el camino, Jennifer puso el manos libres y llamó a su agencia, Solution Channel. Al momento oyó las voces de su equipo.

—¡Hola jefa! —corearon varias voces.

—¿Qué tenemos de la gente de la emisora de radio?

—El tipo de la cabina, el que recogió la llamada no tiene nada destacable, cuarenta años, soltero, solitario… anodino —dijo John—. En cambio, Bob Johnson, el locutor, es justo lo contrario.

—Treinta y pocos, extrovertido, mujeriego, casado y divorciado dos veces, y algunos asuntillos con la policía en sus años más jóvenes —intervino Úrsula—. Nada importante, pero indican que es un tipo capaz de arriesgarse para lograr lo que desea.

—¿Y no sabréis qué desea? —preguntó Jennifer intuitivamente.

—Según algunos contactos a los que ha intentado predisponer a su favor —aseguró Úrsula echando mano de sus relaciones en el ámbito periodístico—, pretende un micrófono en una emisora a nivel nacional.

—Un detalle que quizá sea relevante —secundó John—, las audiencias de la emisora llevan tiempo cayendo. Os paso una gráfica.

—Hay gente que es capaz de cualquier cosa por la audiencia —opinó Emma—. Conocí a un director de una emisora que...

—Gracias por la información, chicos. Nos vemos luego por la agencia. Seguid husmeando.

—La respuesta al 90% de los asesinatos se encuentra en las últimas veinticuatro horas de la víctima —comentó Mark—. Así que vamos a ponernos las pilas y hagamos trabajo de investigación de calle.

—Primero a la emisora y después vayamos al laboratorio criminalístico y veamos si hay que volver a la escena del crimen para hacer de nuevo un reconocimiento del apartamento con otros ojos y veamos si hay nuevas pruebas materiales que se nos hayan escapado. Espero que el laboratorio se vuelque en el análisis y la evaluación de las pruebas forenses. Ahí está la clave de este caso, en los detalles.

—Si has ido a ver a Gardner, seguro que pondrá todo de su parte —sonrió Mark.

Jennifer tenía en alta consideración al doctor Gardner que, a pesar de su apariencia anodina, poseía una inteligencia lógica matemática, y eso complacía a la criminóloga. Al igual que ella usaba el hemisferio lógico del cerebro, por lo que, aplicado a su trabajo como investigador forense, era capaz de identificar modelos y patrones que para otros pasarían inadvertidos y usar razonamientos inductivos y deductivos a raíz de los datos obtenidos en las autopsias y en la recogida de pruebas en los escenarios de un crimen. Y cuando hablaba con su tono de voz moderado y juicioso para Jennifer era evidente que había que escucharle con atención.

8

RADIO NUEVA YORK EN DIRECTO

Avisados de que iban, en cuanto traspasaron el acristalado vestíbulo, les recibió una joven en prácticas; pelo lacio y largo, tan alta como Jennifer, pero mucho más delgada. La mirada de Mark no resplandeció al verla. No era su tipo de mujer, bella, sí, pero él era más de curvas pronunciadas, por eso la presencia de Jennifer le enardecía. La chica los condujo a una sala donde estaban esperándoles el locutor y el técnico acompañados por un hombre bien trajeado que fue el primero en levantar la mirada cuando la puerta se abrió para dejarles pasar.

El técnico de cabina que había filtrado la llamada sonreía bobaliconamente. Por primera vez en su vida se sentía el foco de atención y estaba encantado. Pero la sonrisa se le borró del rostro en cuanto, Jennifer se puso frente a él con la mirada fría y el gesto seco.

—Antes de empezar… —comenzó a hablar el hombre trajeado.

—¿Un abogado? —le cortó Jennifer mirándole y luego dirigió la mirada al locutor, ignorando al técnico—. ¿Necesita un abogado?

—Cosas de la emisora —respondió Bob Johnson, tratando de parecer despreocupado.

—Este es un encuentro informal —notificó el abogado—. Podrán hablar con nuestros dos empleados, preguntarles lo que quieran y les daremos el original de la llamada, si lo quieren, y nada más. Cualquier otro asunto lo tratarán directamente conmigo.

Antes de que pudiese continuar, Jennifer se dirigió al técnico, y Mark la dejó hacer.

—¿Por qué pasó la llamada a antena?

—Bueno… —carraspeó moviendo nerviosamente las manos—. La chica no parecía muy atribulada. Más bien me pareció adormilada… Bueno… en ese momento no tenía ninguna otra llamada y… Bob me hacía señales impacientándose para tener a alguien en directo.

Bob Johnson se removió inquieto en su silla con cara de pocos amigos. El entusiasmo del locutor en antena había dejado paso a un gesto hosco.

—Sus índices de audiencia van a la baja en los últimos meses —aportó el dato el detective.

—¡¿Y eso qué tiene que ver?! —se picó el locutor.

—Es obvio que este suceso hará que los niveles de audiencia se disparen… —intervino Jennifer cruzando sus largas piernas y echándose hacia atrás—. Perdón, por lo de disparen, quiero decir que aumenten.

—Es un buen motivo para matar —soltó Mark sin más.

—¡Cómo! ¡Si ha sido un suicidio! —exclamó Bob Johnson claramente sorprendido.

—¿Qué significa esto? —intervino el abogado antes de que su cliente siguiese hablando—. ¿Estamos hablando de un homicidio?

—O de asesinato. Eso es lo que estamos intentando dilucidar —contestó Mark.

—Además, es absurdo, yo estaba en la emisora. Todo sucedió en directo.

—Un hombre perspicaz bien puede tener un cómplice.

—Es… es absurdo —repitió el hombre, aunque con menos énfasis—. Además, esto a mí no me viene nada bien.

—Las audiencias… —le recordó Mark.

—Es algo circunstancial… Y esto no es nada bueno para mi carrera. Siempre seré el tipo al que se le suicidó una chica en directo.

—Y eso no es bueno para su carrera hacia una emisora nacional. ¿Cierto? —preguntó Jennifer.

—Cierto —rumió el hombre—. Pero cómo saben…

—¿Le dijo al técnico de cabina que le pasará esa llamada en concreto?

—En absoluto, le dije por el intercomunicador…

—¿Qué es el intercomunicador? —inquirió Mark.

—Se trata de un sistema de uso interno para poder hablar fuera de antena entre el personal técnico de la cabina y los locutores; en este caso con Bob —explicó el técnico—. Le dije que teníamos una llamada en espera y él le dio paso inmediatamente.

—¿Cómo se identificó?

—Simplemente dijo: "Soy Evelyn", y yo le pregunté si quería hablarnos de la felicidad, mientras Bob seguía haciéndome gestos de impaciencia.

—¿Es algo habitual?

—¿Los gestos impacientes? Sí, suele ser lo mismo todos los días —dijo con cierto hastío—. En cuanto entramos en antena, a Bob le gusta empezar con una llamada, y a veces tardan en llamar unos minutos y se altera bastante.

Bob Johnson le fulminó con la mirada.

—Es la frescura de la radio en directo —se justificó el locutor—. Las llamadas son la esencia del programa y qué mejor que empezar la mañana con una.

APARTAMENTO DE BROOKLYN, LONG ISLAND

Aún no eran las doce de la noche cuando el teléfono de Jennifer sonó inoportunamente.

—Hola —contestó Jennifer despertando de su sueño sin mucho entusiasmo, justo cuando el cantante Jim Morrison le iba a contar por qué mantenían ardientes relaciones sexuales mientras ella dormía, un cantante fallecido hacía muchos años y que no era físicamente su prototipo de hombre. Con un guiño de sus ojos azules grisáceos el sueño se desvaneció entre los zumbidos impertinentes del teléfono y la voz del cantante en *Roadhouse blues*: *Sí, vamos al bar de la carretera. Vamos a pasarlo realmente bien. Un buen rato… donde tienen habitaciones… y son para la gente que le gusta hacerlo despacio. Enróllate, nena, enróllate, nena…*

—¿Dormías? —oyó la voz de Mark.

—Algo así.

—Disculpa.

—Dime.

—¿Has visto el canal de Noticias 3?

—No, ya sabes que no suelo ver la televisión.

—Llevan un par de horas difundiendo que la policía cree que la muerte de Evelyn es un asesinato. Alguien se ha ido de la lengua.

—Era previsible. ¿Algo más?

—Sí, Evelyn llamó a emergencias poco antes de morir. Pero colgó antes de hablar con alguien. Tal vez cambiase de opinión.

—Tal vez… O tal vez no llamase ella, sino alguien que quiso que quedase grabada en su móvil esa llamada como prueba de que tenía en la cabeza el suicidio.

—Quizá quiso que la hiciesen desistir de suicidarse. Mucha gente llama con la esperanza de que les hagan cambiar de idea o al menos en busca de un poco de consuelo o de calor humano. Pero finalmente prefirió hablar en la radio.

—Es posible, pero no probable.

—Todos pensamos… piensan, que fue un suicidio menos tú. Y eso me hace dudar de que lo haya sido. Eres cabezota y te gusta ir a contracorriente, pero cuando tienes una hipótesis hay que escucharte con atención.

—Menos mal que no has dicho una corazonada.

—¿Corazonada? Lo tuyo son razones, pruebas, posibilidades…

—Veamos. Sintió que estaba en peligro y llamó a emergencias. Pero antes de hablar colgó. No me parece que haya podido ser así, más bien que alguien la mató y luego hizo la llamada y colgó antes de hablar.

—Te recojo por la mañana y vamos a hablar con la familia.

—Vale, pero primero al laboratorio forense. A las ocho.

Jennifer cerró los ojos entre suaves sábanas de algodón blanco pensando en las visitas oníricas de Jim Morrison, pero pronto su pensamiento se fue hacia el atractivo inspector de la brigada del crimen, con la ventaja de que Mark Crowell estaba vivo y además era su tipo de hombre.

LABORATORIO FORENSE

En cuanto Mark la recogió se dirigieron al laboratorio forense. Solo entrar, por el gesto reflexivo del doctor Gardner, Jennifer supo que tenía algo jugoso que contarles, pero que no era concluyente. Si no tenía nada especial, Gardner se comportaba de forma hosca, y si lo tenía y era una prueba definitiva solía estar risueño y mordaz, pero en ese momento su mente estaba concentrada y su rostro era un espejo de lo que pasaba en su interior.

—La bala del cadáver es del calibre 22 y efectivamente se hizo con la Beretta M9 que apareció junto al cadáver.

—¿Y el dueño?

—Los números de serie están borrados con ácido. No creo que podamos sacar nada por ahí.

—¿De dónde podría sacar una joven un arma no rastreable? —se preguntó Jennifer.

—Lo más curioso es que no hemos encontrado, aparte de las huellas de la víctima, el más mínimo rastro de huellas, nada —aseguró el doctor Gardner.

—¿Qué tiene de anómalo? —preguntó Mark.

—En un apartamento suelen encontrarse toda clase de huellas, especialmente en las zonas de más uso, la sala de estar, la mesa, el sofá… Pero, no, no hay nada. O no recibía visitas o hacen la limpieza meticulosamente.

—Hay que hablar con la familia y preguntarles si tenía amigos y si era normal que los recibiese en su apartamento —intervino Jennifer.

—Eso dejará al descubierto que no creemos que fuese un

suicidio —dijo Mark acariciándose su amplia barbilla, como cuando algo no le encajaba.

—Así es —sentenció Gardner—. Si tuviese que apostar, lo haría por el asesinato con alevosía, ya que la chica no se podía defender; de hecho, no lo hizo. Vamos a volver al apartamento a hacer una revisión más profunda. Pero hay algo más. Le he pedido a los del laboratorio de acústica forense que analizasen la grabación. Generalmente sólo se hace en casos de delitos de extorsión o de secuestro para analizar las características de las voces que salen en la grabación que se hace de la llamada pidiendo dinero. Pero, en este caso, creo que habrá valido la pena.

Los tres se dirigieron a la planta primera y Gardner les presentó a Arturo Reyes, el jefe del laboratorio. Un joven dinámico, de veintitantos años, alto con una barba estilo heleno y pelo corto castaño.

—Hemos analizado las características de las voces y del fondo sonoro, la tonalidad, frecuencia, intensidad y los diferentes sonidos que aparecen en la grabación —dijo el técnico forense mientras le pedía a uno de sus compañeros que pusiese la grabación.

—Todo parece normal salvo un ligero cambio, un sonido que tal como se debería haber desarrollado la situación, si hubiese sido un suicidio y lo que se ha encontrado en la escena, no debería estar ahí —intervino Gardner—. Hay algo raro, escuchad, justo al final de la frase.

En el reproductor se oyó la voz temblorosa de Evelin: —Vivo una pesadilla. Tengo auténtico terror a…

—¡Justo ahí! —exclamó Arturo.

—No oigo nada —objetó Mark.

—Sí —dijo Jennifer—, algo se mueve… un roce, un vaivén…

—Hemos descompuesto los sonidos complejos en sus componentes simples que nos permiten comparar los parámetros de todos los sonidos que aparecen en la grabación —explicó Arturo.

Los cinco permanecieron en silencio mientras el sonido se repetía una y otra vez aumentado y limpiado del resto de sonidos.

—¿Qué crees que puede ser? —le preguntó Jennifer al técnico forense.

—Es un sonido en el aire… —dudó el joven de lanzar una hipótesis sin tenerla totalmente demostrada—, es más que factible que fuese alguien agitando un papel.

—Es posible que fuese un papel con lo que tenía que decir —asintió la asesora de la brigada contra el crimen—. Esto aclararía muchas cosas.

—Eso no lo puedo asegurar, pero, dado el contexto, podría ser —admitió Arturo.

Antes de despedirse y agradecerles el excelente trabajo que habían hecho, Jennifer les pidió que le pasasen una copia a su agencia y se fue con Mark a ver al capitán Mael.

24 HORAS DESPUÉS DEL ULTIMÁTUM DE MAEL

En la brigada, Mael recibió las últimas noticias con resignación.

—El gobernador me llama cada cinco minutos —exageró el capitán—. ¿Habéis visto el enjambre de periodistas en la entrada del edificio? Decidme algo que me sirva para parecer menos inepto.

—Además de todo lo que ya sabíamos, según el laboratorio de acústica forense, alguien pudo mover con apremio un papel delante de la víctima, y desde luego no fue ella, ya que no hemos encontrado ningún papel suelto cerca del cuerpo y ni siquiera en todo el piso.

—Vale —se resignó Mael, que sabía que iba a ser un caso difícil para ellos sometidos a la presión mediática que sin duda se iba a producir—. Tenéis la autorización expresa de la brigada y mi apoyo, por supuesto. Poneos en marcha y resolved lo antes posible este maldito caso.

Mael se puso en contacto con la familia de la víctima. Al poco apareció Michael Foster, el hermano de Evelyn, a quien conocía desde hacía años cuando aún era un joven prometedor con altas responsabilidades en la empresa familiar. De unos cuarenta años, Michael se desenvolvía con naturalidad, como si estuviese en el salón de su casa. Un hombre de mundo.

—Se trate de un suicidio o no queremos despejar toda clase de dudas sobre lo que ha sucedido —le explicó Mael después de invitarle a pasar a despacho—. La familia merece una investigación profesional, la mejor.

—Por Evelyn debemos poner en marcha todo lo que podamos hacer para averiguar la verdad, sea la que sea. Estamos a tu disposición. Cualquier cosa que necesitéis, hacédnoslo saber.

—Mi gente irá a hablar con tu padre. Te avisaré por si puedes estar presente y así será más fácil entre los dos recordar más detalles.

—Lo intentaré. Desde hace meses mi padre está más volcado en asuntos políticos, ya sabes que quiere presentarse al Senado, y toda la responsabilidad de la empresa recae sobre mí. Y con sus responsabilidades y ahora esto… no creo que esté con muchas ganas de volver a estar en el día a día de la empresa.

12

ALTA TECNOLOGÍA

Úrsula apareció en la agencia irreprochablemente peinada, y con un brillo leonino en sus ojos verdes destacando sobre su piel pálida. Además de una excelente periodista de investigación, la joven escribía en una conocida revista de sociedad, lo que le permitía tener acceso a mucha información sobre quién era quién en los círculos más altos de Nueva York.

—Hay cosas interesantes en la vida de la familia Foster — dijo sin más preámbulos la espigada pelirroja.

—Cuéntanos los chismes de la alta sociedad —pidió maliciosamente Emma.

—Os diré los momentos más destacados de la vida de los Foster. Lo primero es que Kenneth Foster, el patriarca, empezó a ganar dinero durante la década de los setenta después de la crisis del petróleo, y con el crecimiento económico, el mayor número de matrimonios y el auge de la construcción, él se dio cuenta de que todos iban a necesitar equipar sus nuevas casas de acuerdo a los tiempos modernos y se pasó a los electrodomésticos, y en este campo levantó un imperio.

—Tiene tiendas repartidas por los 62 condados del estado de Nueva York —apoyó John.

—Interesante —dijo Jennifer—. ¿Qué más hechos destacados tenemos?

—La muerte de su mujer, Madeleine, la madre de Michael y de Evelin —contestó Úrsula.

—Hubo un trágico accidente —corroboró John mostrando en una amplia pantalla las portadas de varios periódicos de la época—. Su coche se precipitó por un acantilado.

—¿Un despiste, una avería...? —preguntó Jennifer.

—En el atestado de la policía se menciona un despiste, seguramente motivado por el sol de frente que le impidió ver bien la carretera.

—¿Y el informe del forense?

—Nada anómalo, heridas motivadas por el golpe al estrellarse por el acantilado.

—Lo relevante del accidente y de la muerte de la mujer es que Evelin cambió de estilo de vida y se volvió retraída y distante.

Jennifer había pedido a Arturo Reyes, el jefe del laboratorio de acústica forense que le pasase una copia de la grabación desmenuzada y después le dijo a John Glow, su brillante especialista en sistemas informáticos y alta tecnología, que cotejase los resultados.

—¿Qué tenemos con la grabación?

—Los del laboratorio han hecho un trabajo excepcional —aseguró John—. Al dividir los sonidos por su frecuencia, armonía, sonoridad y muchas otras secuencias, y han podido aislar ese sonido extraño. Me lo han puesto fácil. Lo he comparado con millones de sonidos y puedo asegurar que fue hecho con una cuartilla que se agitó bruscamente cerca del altavoz del teléfono desde el que la chica hablaba.

—Seguramente la chica no estaba siguiendo el guion que le habían escrito y quien fuese quiso recordárselo agitando amenazadoramente el papel donde ponía lo que tenía que decir —trató de encontrar una explicación Jennifer.

—Y puede que dudase de que ella fuese a seguir haciéndolo y adelantó el final disparándole antes de que acabase de leerlo —contribuyó Úrsula.

13

UN TANATORIO VIP

El tanatorio era un edificio de mármol con diseño moderno e instalaciones cómodas y funcionales. Disponía de varias salas para velatorios, aunque una de ellas era una sala VIP con capacidad para más de doscientas personas, aparcamiento con entrada directa y una cafetería a disposición de los allegados.

El ataúd de Evelin Foster estaba rodeado de grandes coronas y ramos de flores.

—No quiero imaginar por lo que estás pasando —dijo Mael acercándose a Kenneth Foster, el padre de la joven fallecida, con Jennifer y Mark al más retirados.

—Confío en que me tendréis al tanto de los avances de la investigación, especialmente… especialmente si Evelin fue asesinada.

—Ya sabes que no puedo comentar nada de una investigación en marcha, pero, en cuanto se pueda, tú serás el primero en saber cualquier novedad. Dime cuándo te viene bien, y enviaré al inspector Mark Crowell para que te haga unas preguntas sobre Evelyn.

—Mañana mismo. Cuanto antes mejor. Le espero a las cinco de la tarde en mi casa de la ciudad.

Mael se alejó para que pudiese recibir las condolencias de parientes y amigos.

Curiosamente la cafetería estaba más concurrida que la sala donde estaba el féretro. Junto a la barra, varios hombres hablaban en voz alta e incluso alguno reía sin recato alguno. La muerte a veces lleva aparejada alegría para unos, tristeza para otros.

14

UNA VISITA ART DECÓ

El ático de los Foster estaba ubicado entre la calle Oeste y Washington. Toda la última planta del edificio estilo art decó estaba ocupada por la vivienda de los Foster, aunque en ella sólo vivía Kenneth Foster. Su mujer había fallecido y él no había vuelto a casarse. Y sus dos hijos desde hacía años que habían volado del nido. Y uno de ellos, Evelin, a buen seguro que nunca regresaría.

—Sólo el mantenimiento y los gastos comunes de este ático están por encima de los 30.000 dólares mensuales. Pero no creo que los Foster tengan problema alguno para pagar eso, además de los 60 millones de dólares que les costó este apartamento de más de mil metros cuadrados.

—Veo que estás bien informada.

—Antes de reunirme con alguien quiero saber todo lo que pueda ser relevante.

Un mayordomo de cerca de sesenta años, de porte distinguido y buen aspecto les condujo desde la galería de entrada hasta una sala de grandes dimensiones, cerca de 30 metros de largo por más de 10 metros de ancho y una altura imponente. Pocas salas como aquella habría en todo Nueva York, pensó Jennifer.

Con cierta parsimonia, como si quisiese que admirasen el lujo de la casa, el mayordomo, de pelo blanco y gesto grave apropiado para la situación, los llevó hasta la espaciosa y elegante sala.

—Me encantaría que el asesino fuese el mayordomo —dijo Jennifer con una sonrisa irónica, mientras caminaban tras el hombre entre grandes ventanales.

—Lo dudo. Desde que se puso de moda en las novelas de detectives que el asesino fuese el mayordomo, no creo que ningún mayordomo se haya atrevido a asesinar a nadie, ya que, aunque sea de broma, todas las miradas apuntan hacia él.

—O es muy retorcido y quiere ponernos a prueba. Pero, en serio, centrémonos. Es una casa realmente lujosa. Está claro que a los Foster los negocios les van muy bien.

El mayordomo anunció a sus acompañantes y les dejó frente a Kenneth Foster, que estaba en un rincón de la sala sentado frente a una mesa de finales del siglo XIX escribiendo a mano sobre una cuartilla de alto gramaje con el logotipo de su empresa. Levantó la vista y les hizo un gesto para que se sentaran al otro lado del escritorio. El aspecto avejentado, la barba de un día y el escaso pelo revuelto no le daban el aspecto de un hombre poderoso; de hecho, el mayordomo podía haber pasado por dueño de una gran empresa y él por el mayordomo con sólo haberse cambiado los trajes. Pero cuando comenzó a hablar quedó claro quién era el poderoso propietario de la cadena de tiendas Foster.

—Evelyn era una persona con mucha energía, todos lo sabemos, pero también que muchas veces no era capaz de canalizarla adecuadamente —el hombre hablaba con seguridad y sin apenas hacer gesto alguno, pero su mirada era la de un hombre acostumbrado a mandar y a ser obedecido—. Podía parecer que estaba bien, aunque era difícil saber lo que ocurría en su interior.

—¿Sabe si tenía problemas?

—Debería habernos pedido ayuda. No estaba sola, nos tenía a nosotros, aunque ella, quizá... se sintiese sola y tuviese problemas.

—Y más después de la muerte de su madre —intervino Jennifer.

Kenneth Foster la miró escrutadoramente y Mark estuvo a punto de pedir disculpas por tocar un tema tan delicado, pero el hombre respondió sin ningún gesto de acritud.

—Sí, la muerte de Madeleine en un accidente de carretera,

así, de pronto, le afectó profundamente, en realidad a todos, pero más a ella que estaba muy unida a su madre. Cambió, se alejó de la familia. Las cosas nunca volvieron a ser iguales entre nosotros.

—¿Tiene información de sus actuales amistades, de los círculos en los que se movía?

—Lamentablemente sí —el hombre por primera vez bajó la mirada—. Un año después de la muerte de mi esposa, Evelyn empezó a relacionarse con una gente poco recomendable que acabaron con la poca voluntad que le quedaba y la separaron de la familia.

Ante el silencio de Kenneth Foster al acabar sus últimas palabras, Mark preguntó:

—¿Drogas…?

—Es posible, no estoy seguro de la forma de captar adeptos que tienen, pero sí sé que acabaron con la voluntad de Evelin —insistió el hombre.

—¿Una secta? —inquirió el detective.

—Así es. Se hacen llamar Un nuevo comienzo. Se trata de una secta, aunque ellos se dan a conocer como una comunidad religiosa de corte moderno.

Jennifer y Mark se miraron. Conocían el centro de Un nuevo comienzo y a Jack McCully, el administrador, de un caso anterior.

—¿Y no lograron disuadirla?

—Lo intentamos, hasta que nos prohibieron verla y nos negaban la entrada al rancho donde viven. Durante años tratamos de sacarla, incluso pusimos a nuestros abogados en marcha para que consiguiesen una orden para conseguirlo, pero fue en vano.

—¿Y cómo lo consiguieron? Porque el apartamento donde fue asesinada le pertenece, ¿no?

—Su información es correcta —el hombre se pasó la mano por la incipiente barba—. Finalmente logramos que accediese a salir de ese lugar y le preparamos un bonito apartamento en Park Avenue con la intención de convencerla para abandonar aquello.

—¿La dejaron salir?

—Sí, quedamos en Aurora, un pueblo cerca de donde tienen lo que ellos llaman el rancho, y mi hijo, Michael fue a recogerla, a ella y a una amiga de la secta. Probablemente no querían que saliese sola, aunque a los pocos días, cuando Evelin estuvo instalada, ella regresó al rancho.

—¿Podría darnos el nombre de esa amiga?

Kenneth Foster abrió una agenda que tenía encima de la mesa. Pasó algunas páginas y dijo:

—Patti. Patti O'Connor.

15

DÍA INTERNACIONAL DEL ORGASMO FEMENINO

En cuanto salieron del lujoso apartamento, Jennifer llamó a la agencia.

—Muchachos necesito toda la información que podáis conseguir del centro Un nuevo comienzo.

—¿Esos no son...? —preguntó Úrsula.

—Sí —interrumpió Jennifer—, pero ahora parece que han ampliado sus miras y se han trasladado a un rancho.

Mientras esperaban la información, se sentaron a tomar un dulce refrigerio en *La maison du chocolat* en la avenida Madison.

—Vaya con el tal Jack McCully —dijo Mark refiriéndose al hombrecillo que dirigía el centro—. Pensé que el Departamento del Tesoro les habría hecho una investigación por evasión de impuestos o algo así, y lo habrían detenido.

—Igual no encontraron nada.

—Estaba muy bien relacionado y tenía donantes muy poderosos.

Pidieron al amable camarero unas trufas y dos aguas minerales con gas, hielo picado y una rodajita de limón.

Mark llamó a la brigada. Había dejado a sus detectives, Ron y Perry, haciendo indagaciones.

—¿Novedades?

—Estamos viendo los pasos de la víctima en sus últimos días.

—Mirad si el centro de Un nuevo comienzo tiene problemas con el Departamento del Tesoro.

Mientras saboreaba una trufa, Mark comentó:

—¿Sabías que desde la época de los aztecas se usa el chocolate como afrodisíaco?

—Lo que sé es que algunos de sus ingredientes son liberadores del placer encerrado en el cerebro. El chocolate contiene feniletilamina que el cerebro sintetiza en el orgasmo. También contiene anadamida, que favorece el bienestar o teobromina, el alimento de los dioses, y eleva los niveles de dopamina, que se asocia con la excitación y el placer sexual.

—Creo que ya lo estoy notando —sonrió Mark.

—Esta respuesta orgánica al tomar chocolate es cierta, pero del sexo se dicen muchas tonterías, especialmente los que más hablan y dan consejos suelen los que menos idea tienen de sexualidad.

—Pues mira que no hay programas de televisión, consejeros en la redes sociales y libros, incluso novelas.

—Sí, libros esos de sombras, sexo de supuesta dominación y otras simplezas.

—¿No te gustan?

—Ufff. He tratado de leer alguno, pero resulta tan obvio que ni los protagonistas ni quienes los escriben tienen la menor idea de sexo que se me hacen insufribles.

—No hay libro que pueda sustituir a un buen polvo.

—El problema es que no siempre es fácil encontrar la pareja adecuada. El único libro que realmente me he visto reflejada es en el de mi querida amiga Sheila Clarke. Aunque tiene un título un tanto desconcertante, *Sexualidad mística*, es un verdadero tratado sobre el placer tanto para hombres como para mujeres. Deberías leerlo.

—¿Me hace falta leer un libro sobre sexo?

—No seas vanidoso. No es sólo un libro sobre sexo, es un libro sobre el verdadero disfrute del cuerpo y de la mente.

—Yo disfruto mucho, y contigo como con nadie, ¿y tú, disfrutas como yo?

—La mujer disfruta más que el hombre.

—¿Qué dices? Yo disfruto barbaridades.

—Sí, vale, lo sé —sonrió pícaramente—. Pero no puedes tener más de diez tipos de orgasmos diferentes.

—Con un solo tipo me vale —bromeó y mientras hablaba casi susurrando acercó sus carnosos labios al estilizado cuello de Jennifer—. Deberíamos darles unas cuantas lecciones a los lectores de esos libros tontos sobre sexo.

—Deberíamos… —rumoreó Jennifer.

En ese momento sonaron las primeras notas de *Fortunate Son* de los Creedence Clearwater Revival en el teléfono de Mark como aviso de una llamada entrante.

—Vaya, has cambiado el tono de entrada de llamada. Qué rebelde, los Creedence. *Algunas personas nacen con una cuchara de plata en la mano, por qué no se ayudan ellos mismos…* —tarareó Jennifer una estrofa de *Fortunate Son*.

—El Departamento del Tesoro investigó al centro de Un nuevo comienzo —se oyó la voz de Perry, uno de los inspectores de la brigada—. Al parecer encontraron algunas irregularidades, pero se acogieron al régimen de aplazamiento de la responsabilidad del impuesto sobre la renta a través de empresas extranjeras.

—Es una norma compleja que hace difícil considerar si se trata de un delito o de una forma legal, aunque difícil de clasificar si es blanco o negro —aclaró Ron—. En fin, que se libraron por medio de triquiñuelas legalistas, y quizá de algún benevolente inspector.

—El rancho lo tienen cerca del lago Cayuga —intervino Perry—. Os paso las coordenadas.

—Vale —dijo Mark, y cortó la llamada—. En marcha, vamos a hacer una visita de cortesía a Jack McCully.

Las coordenadas indicaban que el rancho estaba situado en las inmediaciones de Aurora, cerca del lago Cayuga. Un lugar bien apartado, pero cerca de una población de menos de mil habitantes y a pocas horas de Nueva York, en el condado de Hancock en Maine. Un lugar estratégico cuya población era prácticamente toda blanca, sin nativos americanos, afroamericanos o asiáticos.

Habían pasado cuatro horas desde que salieron de Nueva York hasta que el Chrysler 300S de Mark enfiló la calle principal de Aurora. Daba la sensación de que el tiempo se hubiese detenido en otro tiempo. Pararon en el Fargo Bar & Grill, un conocido local donde refrescarse y comer algo. Comieron unos rápidos macarrones con queso y se dirigieron hacia el rancho.

—Veamos qué dice el GPS —Mark de viva voz le dio las coordenadas.

Mientras hablaban, la voz del GPS le fue dando las indicaciones.

—Ayer leí que en un par de meses será el día internacional del orgasmo femenino —dijo Mark—. Habrá que celebrarlo.

—¿En serio, un día del orgasmo femenino? Es algo así como dedicar un día al buen comer. Comer es algo normal, lo hacemos todos los días y conforme lo practicamos solemos hacerlo mejor, probamos más cosas, variedades y formas de cocinar. El sexo es lo mismo, no hay que darle demasiadas vueltas, simplemente hay que ponerse a ello, probar y ver qué nos hace disfrutar más y mejor. Eso sí, en ambos casos, comida y sexo, con buen género, de calidad, y siempre que tengamos ganas, comer o practicar sexo sin ganas no es bueno para el cuerpo y la mente.

—Bueno, pero habrá mujeres que no sepan cómo conseguir un orgasmo.

—*A doscientos metros gire a la derecha* —se oyó la voz impersonal del GPS.

—Tal como te decía antes, hay muchos tipos de orgasmos femeninos, pero todos coinciden en algo.

—¿En qué? —preguntó curioso Mark.

—En que dan mucho placer.

—A ver, cuéntame qué tipos de orgasmos son —le retó Mark, poco convencido de lo que oía.

—Unos científicos dicen que son tres, otros que son seis, otros que son nueve, pero todos los que dicen haberlo investigado son hombres. Es ridículo. Yo misma podría contárselo sin necesidad de perder tanto tiempo y recursos para algo tan obvio y sencillo.

—Será que no tienen otra cosa que hacer.

—*En el próximo desvío a quinientos metros gire a la izquierda.*

—O que son reprimidos en busca de una excusa para echar un polvo, igual que muchos pintores y escultores de desnudos femeninos. Solo hay un tipo de orgasmo, pero puede llegar de diferentes maneras. La mayor parte de las mujeres puede alcanzar el orgasmo a través de la estimulación del clítoris, y se puede lograr solas o en compañía, incluso mientras nos penetran. Asimismo, podemos llegar al orgasmo por el roce en el cuello del útero por el vaivén del pene, o de un sustituto...

—¿Un juguetito sexual?

—Sí... o de un pepino.

—Vaya, desde ahora cuando coma ensalada no podré de dejar de pensar en esa imagen.

—Y también, al menos yo y sé de alguna otra, podemos tener orgasmos oníricos.

—¿Qué quieres decir?

—Mientras dormimos. Alguna que otra noche sueño con Jim Morrison.

—¿El cantante que falleció hace no sé cuántos años?

—Sí, y lo más curioso es que es una clase de hombre que ni siquiera me gusta. Si hubiésemos coincidido en vida, desde luego que no me hubiese acostado con él, no es mi tipo.

—*Ha llegado a su destino* —el GPS dio por terminada su misión de llevarles hasta el centro de Un nuevo comienzo.

—Bueno, ya te seguiré dando lecciones de orgasmos femeninos en otro momento de forma mucho más práctica; ahora pongámonos a trabajar.

—Ufff, no sé si voy a poder concentrarme.

16

UN NUEVO COMIENZO

Una barrera les cerraba el paso. Dos hombres estaban al otro lado con aire de pocos amigos. Mark se bajó del coche y se dirigió a ellos.

—Queremos ver a Jack McCully.

—¿Os espera? —preguntó el que parecía llevar la voz cantante, un tipo profusamente tatuado con perilla y bigote, y la cabeza afeitada con el tatuaje de una calavera.

—Nadie nos espera —contestó de mala gana Mark sacando la placa.

—Aquí la policía no es bienvenida. ¿Traéis una orden?

—No es necesaria. Sólo queremos hacerle unas preguntas.

—Sin una orden no podéis pasar.

—Llamadle y preguntadle a él.

Viendo que los hombres no cedían, Jennifer bajó del coche.

—Somos viejos amigos —dijo la joven guiñándoles un ojo—. No creo que le gustase saber que hemos estado aquí y que no nos habéis dejado pasar.

—No seréis muy amigos suyos si no podéis contactar con él por teléfono —contestó el peor encarado, pero por si acaso cogió el walkie-talkie que llevaba metido en una funda negra e hizo una llamada.

Una cámara de seguridad les vigilaba. Tras un rato de espera, alguien desde el otro lado del comunicador portátil, dio el visto bueno. Con cierta desgana, los dos tipos levantaron la barrera y uno de ellos se subió a la parte trasera del coche de Mark.

—No dejes el camino hasta llegar a la casa —le indicó a Mark—. Una vez lleguemos, ahí os indicarán qué tenéis que hacer.

Por el camino vieron a varias personas trabajando unos cultivos.

—¿Qué tipo de plantaciones tenéis? —preguntó Jennifer al hombre.

—Cualquier pregunta la hacéis en el rancho —contestó y se refugió en un incómodo silencio pasándose las dos manos por la cara.

Mark lo observó por el retrovisor. Un tipo que por su forma de moverse y comportarse bien podía haber sido militar, pensó.

Tras unos minutos de trayecto, llegaron a una especie de amplia plazoleta con una gran casa al fondo. Una chica pelirroja con dos grandes trenzas se acercó sonriente.

—Hola soy Patti, como la cantante Patti Smith. A mi madre le encantaba. Bienvenidos. No hagáis mucho caso de las malas caras de Bill y Joe —dijo refiriéndose a su acompañante y al otro guarda de la entrada—. Hemos tenido alguna experiencia no muy buena y están un poco nerviosos.

Bill Thompson y Joe Martín, los dos tipos que les habían recibido en la entrada, además de los walkie-talkie llevaban una pistola al cinto, y Joe, además, un rifle semiautomático AR-15 entre sus manos negras de la grasa de los vehículos que, como responsable mecánico del centro, reparaba. Joe era más bajo que su compañero, y era un tanto cetrino, pelo negro y complexión normal.

—¿Algún problema? —indagó Jennifer.

—Nada de importancia —contestó la joven con una amplia sonrisa—. Vamos, os llevaré con nuestro mentor.

—¿Mentor?

—Sí, es la forma de dirigirnos a Jack.

—¿A Jack McCully?

—Sí, es nuestro mentor. Él nos ayuda, nos guía…

Tras la gran casa, se veían varios edificios similares. Dos plantas, construcción de madera pintada de blanco y los tejados, pilares y marcos de puertas y ventanas de azul cobalto. Y jardines y huertos detrás de las casas y más allá.

Por todas partes se veía gente haciendo diferentes labores. Al pasar junto al jardín de uno de los edificios más grandes, Jennifer pudo ver una parcela abierta que era utilizada como guardería donde niños de diferentes edades jugaban animosamente.

Llegaron a una casa que no se distinguía de las demás. La joven pelirroja les invitó a entrar y los condujo a una amplia sala donde Jack McCully estaba de espaldas hablando con dos corpulentas mujeres. Al girarse, Jennifer pudo ver el gesto de complacencia de un hombre de mediana edad, que bien poco se parecía al hombrecillo pusilánime que habían conocido en Nueva York. La piel tostada, los ademanes suaves y firmes, la sonrisa amplia.

Al verles llegar hizo un gesto de saludo uniendo ambas manos en señal de bienvenida. Jack McCully transmitía una turbadora paz. Su cabello canoso contrastaba con su tez cobriza, y más con la túnica blanca resplandeciente que cubría su enjuto cuerpo.

—Vaya cambio —le soltó sin más preámbulos Jennifer—. No parece el mismo que conocimos en Nueva York.

Aquel hombre pequeño, enjuto, circunspecto y de color de piel indefinido, surcada por infinitas arrugas, ahora era un hombre vital, bronceado y sonriente y en vez de ir vestido totalmente de negro, el traje, la camisa, la corbata y los zapatos, llevaba una ligera túnica blanca y unas cómodas sandalias.

—El cambio es lo único permanente en la vida —sonrió el hombre—. Y yo no iba a ser menos. Aquí hemos encontrado un remanso de paz.

—Bueno, parece que hay algún resquicio en su remanso de paz.

—¿A qué se refiere?

—Parece que ha habido algunos incidentes últimamente.

El hombre miró a Patti y le sonrió.

—En una comunidad como la nuestra los problemas vienen de fuera, recelos, envidias, odio a lo que no se comprende…

—¿Qué es lo que hacen aquí exactamente?

El hombre les invitó a sentarse en unos cómodos almohadones y cogió con las dos manos un cuenco de metal dorado y se lo ofreció a Jennifer para que lo pusiese en su regazo. Cuando la joven lo tuvo entre sus manos, McCull le dio un leve golpe con un palo de madera. El sonido inundó toda la sala, ceremonial, impresionante. A continuación, el hombre, sentado frente a ella, con la vibración aún en el aire, comenzó a rozar el borde del cuenco y la reverberación fue transmitiéndose por el aire, por el cuerpo de Jennifer, por sus piernas hasta llegar a su pelvis y por sus brazos hasta hacer vibrar sus pechos, como si fuesen cajas de resonancia de aquella inquietante ondulación sonora.

—Esto es lo que hacemos aquí —dijo tras un par de minutos.

—¿Poner cachondas a las mujeres? —le espetó Jennifer—. No le va nada mal aquí, ¿no es así?

Patti se ruborizó y el hombre balbuceó:

—No… La intención es encontrar la energía vital que está en todas las personas, pero que está oculta para la mayoría.

—Así que ya no son un centro de acogida y de rehabilitación de personas con dificultades: prostitutas, jóvenes con problemas de drogas... —siguió preguntándole Jennifer.

—Seguimos acogiendo a todos los que de alguna manera llegan aquí. Unos traen consigo problemas de identidad, otros se han perdido en el tupido bosque de las drogas. Nosotros les damos las herramientas psicológicas que precisan.

—¿Cómo a Evelyn Foster? —preguntó Mark, al que no le había gustado lo más mínimo el espectáculo sonoro.

El hombre ni se inmutó.

—Gracias por venir a darnos la noticia. Pobre Evelyn. Lamento lo que le ha sucedido. Un suicidio… No hemos sabido ayudarla como merecía.

—¿Estaba al tanto de su muerte?

—Algunas de nuestras residentes más veteranas tenían una estrecha relación con ella, y me lo han contado.

—¿También le han contado que fue asesinada?

—¿Asesinada? No, no sabía nada. Es terrible… ¿En qué

podemos ayudar?

—Lo primero es hablar con esas personas que eran sus más allegadas.

—La más cercana a ella es precisamente Patti —contestó el hombre dirigiendo la vista a la pelirroja que les había llevado hasta él. La chica bajó la mirada—. Si lo prefieren pueden hablar más tranquilamente dando un paseo y así de paso ella les enseñará todo esto.

Cuando salieron al exterior, la joven empezó a andar y preguntó con voz débil:

—¿Cómo murió?

—Aún estamos haciendo indagaciones —contestó Mark.

—Lo primero que se barajó fue el suicidio —intervino Jennifer.

—¡No se suicidó! —exclamó Patti—. Es imposible…

—¿Por qué no crees que se haya podido suicidar?

—Yo desde niña he tenido pensamientos suicidas. Nunca lo intenté. Mi familia era cristiana y el suicidio era pecado, pero cada noche deseaba acostarme y no volver a despertar. Y sé reconocer a alguien con tendencias suicidas.

—Pero pudo haber sido un impulso.

—En personas con el carácter de Evelyn, no. A mí me diagnosticaron desorden bipolar y estuve haciendo terapia y me recetaron que tomase pastillas para el resto de mi vida. Cuando, desoyendo a mi médico, dejé de tomarlas los deseos suicidas volvieron. Y desde entonces vivo con miedo a que algún día dejen de hacerme efecto o a no poder pagar la medicación.

—¿Por eso estás aquí? —preguntó Jennifer.

La joven de nuevo se ruborizó, como si la hubiesen pillado en falta.

—Por eso me uní a esta comunidad. Aquí me facilitan los medicamentos que pueda necesitar. Pero ella, aunque no lo pareciese, era fuerte…, y su familia rica. ¿Por qué iba a querer suicidarse? Además, cuando la dejé en Mueva York estaba muy animada.

—Sabemos que la acompañaste desde el rancho hasta la ciudad.

—Sí, normalmente cuando alguien sale del centro, va con alguien que se asegura que se integra en su nuevo entorno y que no va a tener problemas.

—¿Y ese fue el caso?

—No había ningún problema. Su familia la recibió muy bien y para no agobiarla le dejaron un piso para que pudiese estar independiente.

—Y aquí, ¿con quién se relacionaba más?

—Con todos, era amable con todos.

—¿Tenía algún amante, un novio, alguien?

—No, que yo supiese no, pero... —la joven metió las manos en los bolsillos de sus desgastados pantalones vaqueros.

—¿Sí?

—El día antes de irse me pidió que le ayudase a arreglarse el pelo y estuvimos un par de horas en mi habitación, se lo lavé, le recorté las puntas y se lo cepillé.

—¿Y eso no era normal?

—Me dio la sensación de que quería estar guapa para alguien. Pero es eso... sólo una sensación.

Llegaron a un gran estanque en donde se reflejaba el sol en todo lo alto.

—Este es el agua que recogemos de la lluvia. Todos los tejados de las casas están conectados con tuberías que desembocan aquí.

—¿Y por qué Evelin se marchó y por qué la dejaron salir?

—Tenía permiso para volver a ver a su familia. No es nada extraño, aquí podemos ir y venir, siempre que hayamos pasado las primeras etapas de regeneración.

—¿Regeneración? —inquirió Jennifer.

—Sí, cuando uno llega a la comunidad debe someterse a una terapia de regeneración interior para llegar a ser capaz de ser independiente y tomar decisiones por sí mismo.

—¿Y eso cuánto tiempo dura? —dijo Mark mirándola fijamente con sus brillantes ojos azules.

La joven de nuevo se ruborizó.

—Eso depende de cada persona. Lo más habitual es que dure entre dos y tres años.

—¿Y mientras tanto no puede salir del centro?

—Puede salir cuando quiera, pero si lo hace antes de haber pasado las tres primeras fases, no podrá volver. Las barreras que han visto no están para no poder salir, sino para no poder entrar.

—¿Y Evelin había pasado esas fases?

—Sí, hace unos meses. Estaba tan contenta... No por poder salir, que también le apetecía, sino por haberlo logrado y haber podido desprenderse de tantos miedos y ataduras —la joven señaló unos molinos eólicos—. Gracias a estas maravillosas aspas y a las placas solares que hay estratégicamente diseminadas somos energéticamente autosuficientes.

—¿De qué tipo de miedos y ataduras hablamos? —Mark insistió viendo que la joven estaba muy receptiva, y Jennifer le dejó hacer viendo que los ojos azules del inspector eran más persuasivos que cualquier otro argumento.

—Según me contó Evelin, de niña era muy alegre y valiente, pero desde que murió su madre cambió y se volvió insegura y melancólica. Y estos son nuestros huertos de agricultura ecológica, hermosas frutas y verduras sin pesticidas, sin tóxicos y sin causar daños medioambientales —dijo cuando llegaron a una zona en donde se veía a varias decenas de personas trabajando en los campos de cultivo.

—Me gusta comer sano —dijo Jennifer—, pero es curioso que muchas veces que hablo de la alimentación sana y ecológica sale algún listillo que trata a los que se ocupan de comer con normalidad, es decir sin tóxicos ni basura, como si fuesen estúpidos o adictos obsesivos.

—Más bien debería ser al revés —dijo riéndose la chica—, a los que comen obsesivamente carne contaminada, productos tóxicos o basura industrial deberían llamarles *estupiadictos*. Cada vez hay más obesos y enfermos por causa de una mala alimentación, así que quién es el enfermo, quién es el estúpido.

—¿Algo más? ¿Tenía Evelin algún otro temor a alguien en concreto?

—No... No lo sé... Bueno, tal vez...

Mientras caminaban regresaron al punto de partida. En ese momento sonó una campana en la distancia.

—Disculpen, pero tengo que ir a reunirme con un grupo que ha llegado hace poco y pasaremos la tarde haciendo prácticas. Si quieren, pueden venir mañana y seguimos hablando y acabo de enseñarles todo esto, si nuestro mentor lo cree oportuno, claro.

La joven se giró y los dos la vieron alejarse hacia uno de los edificios. En ese momento salió de la casa Jack McCully.

—¿Les ha gustado nuestro nuevo centro?

—Es muy interesante —reconoció Jennifer—. Aunque a veces los lugares pueden parecer un paraíso y esconder verdaderas atrocidades.

—Evelin estaba muy contenta; aquí había rehecho su vida —afirmó el hombre.

—¿En qué consisten las diferentes fases de regeneración? —cambió de tema Jennifer.

—La primera es la desintoxicación del cuerpo de toda la porquería que introducimos durante años, ya sean drogas, alcohol o comida basura. Vengan —dijo llevándoles a la parte trasera de la casa.

Desde allí se veían pequeños huertos con diferentes tipos de plantaciones.

—Nuestro mayor logro es ser autosuficientes, y para ello la comida es una parte fundamental, y sobre todo que sea sana y nutritiva y ayude a desintoxicar primero el cuerpo y luego la mente.

—Suena bien —admitió Jennifer—, pero Patti ya nos lo ha enseñado y lo que nos ocupa es saber por qué una chica que en apariencia estaba bien, y había superado supuestamente sus problemas, acaba asesinada.

—Creo que no es aquí dónde deben buscar la respuesta, pero sí les diré que las siguientes fases de regeneración están dirigidas a fortalecer el espíritu. Y eso conlleva una gran responsabilidad hacia uno mismo. No creo que se suicidase.

—Lo mismo opina Patti —intervino Mark—. Pero hasta hoy ustedes creían que se había suicidado.

—A veces creemos cosas que no son reales simplemente porque los medios de comunicación y las redes sociales lo dicen —contestó el hombre juntando ambas manos—. Pero en nuestro interior todos sabíamos que Evelin no se pudo suicidar.

—¿Y quién paga todo esto? Sus cuentas antes no estaban tan saneadas como para poder permitirse una inversión así —quiso saber Jennifer, mirando los edificios y las infraestructuras.

—Mucha gente viene hasta nosotros y ayuda con su trabajo.

—Y con su dinero.

—Cierto —sonrió McCully.

—Muy espléndidos tendrán que haber sido.

—Además, como ya sabe por lo mucho que han revisado nuestras cuentas, recibimos donativos.

—Veo que tiene buenos contactos en la administración.

—Por suerte, tenemos buenos amigos, pero en realidad los ricos donan una pequeña parte de su fortuna para acallar la conciencia, y eso nos beneficia y gracias a ello podemos ayudar a muchas personas con dificultades.

17

UN HOTEL FULMINANTE

—Se ha hecho tarde para regresar a Nueva York —dijo Jennifer—. Junto al restaurante donde hemos comido he visto un hotel.

—No es mala idea —contestó Mark al que sólo la idea de pasar la noche con Jennifer ya le excitaba.

Al llegar a Aurora, reservaron una habitación en un hotelito de tres plantas. Una mezcla de encanto histórico y modernidad. Mientras cenaban en el restaurante, Jennifer retomó la conversación sobre las bondades del chocolate en la vida sexual.

—Los bonobos son unos chimpancés que desde luego no toman chocolate, incluso les sienta muy mal, y están practicando sexo constantemente.

—Qué vida tan placentera. ¿Te gustaría? —preguntó Mark, pero antes de acabar ya se había arrepentido. Y se preparó para una exposición didáctica sobre sexo, hombres y monos.

—Las mujeres no somos chimpancés y a veces queremos sexo y otras una buena conversación, como ahora —la asesora de la brigada contra el crimen cruzó las piernas provocativamente.

—Los hombres también —protestó el detective.

—Bueno, podéis tener una buena conversación con una mujer, no digo que no, aunque mientras habláis estáis pensando en echarle un polvo.

—¡Cómo eres! ¡Qué cosas dices! No siempre, no siempre…

—Si os gusta, sí. Y tenéis que hacer un esfuerzo para no perder el hilo la conversación.

—Bueno, si son como tú, creo que no habrá hombre sobre

la tierra que no lo piense y que no sepa lo que dice a los pocos minutos, sobre todo cuando le enredas con tus teorías y cruzas así las piernas.

—Las mujeres podemos separar trabajo y placer —la joven sonrió pícaramente—, aunque viéndote se me haga difícil.

—Si queremos tener una sociedad sana, es necesario deshacerse de los prejuicios y bulos relacionados con la sexualidad —explicó Jennifer.

—¿Como cuáles? —preguntó Mark, consciente de que iba a recibir una clase magistral sobre el tema.

—Sin ir más lejos, la fidelidad es una de las tonterías más grandes de la historia de la humanidad. Como también lo es con quién queremos tener sexo. La mayor parte de las mujeres responde fisiológicamente ante la posibilidad de tener relaciones sexuales con otra mujer y se excita ante un bello cuerpo femenino —ante el gesto escéptico de Mark, la joven abundó—. Son datos científicos, además de mis experiencias personales —y sonrió pícaramente—, que han sido más de una y de dos y de…

—¡Vale, vale! ¿Adónde quieres llegar?

—Te veo molesto. Eso es lo que pasa a la mayoría de la gente, especialmente a los hombres cuando se toca el tema. Está claro que el cuerpo de la mujer responde ante los estímulos relacionados con la sexualidad con otras mujeres. No es blanco o negro, la sexualidad femenina es rica y fluida, no tiene las limitaciones que nos ha querido imponer una sociedad eminentemente machista.

—Ya estamos…

—Como sabes, para mí no es difícil saber si alguien está mintiendo por la dilatación de sus pupilas, y lo mismo sucede ante la excitación sexual. Y no suele escapárseme.

—Sí, lo pude comprobar en un caso anterior —dijo Mark mientras Jennifer le miraba inquisitivamente—. Cuando supiste que una pareja de hombre y mujer en realidad eran homosexuales.

—Cierto. De todas formas, en la sexualidad femenina hay muchos matices.

—¿Y en la de los hombres?

—Supongo que será igual, pero eso, ya es cosa vuestra. A mí lo único que me interesa es ver cómo a ti se te dilatan las pupilas cuando me miras. Vaya, *mon ami*, qué pupilas tan dilatadas. Será mejor que vayamos a la habitación.

—Sí, creo que deberíamos subir.

Al poco de levantarse, Mark la siguió como un perro en celo.

Al entrar en la habitación, la joven se giró y Mark pudo ver que se había abierto totalmente la blusa y bajado el sujetador. Jennifer atrajo a su amante y se dejó caer sobre la mullida cama y los almohadones de color rojo. Mientras ella se bajaba las finas bragas blancas, él se quitó los pantalones del revés y se puso sobre ella. Empezó a mover la cadera hasta que se adentró en su cuerpo voluptuoso. Los besos lentos y densos de Mark excitaban a la joven, que dejó que su mente navegara en brazos del placer, y le dejó hacer hasta que uno de los diez tipos de orgasmos en el que ella cabalgó, como si fuese sobre en una tabla de surf impulsada por una gran ola, rompió en infinitas gotas de agua brava antes de llegar a la orilla.

Jennifer se duchó y salió con una toalla en la cabeza y otra tapando el cuerpo. Mientras Mark entraba en el aseo, se oyeron unos golpes en la puerta.

—¡Servicio de habitaciones!

Jennifer abrió. El pasillo estaba en penumbra y se encontró con un hombre de mediana estatura que llevaba un ramo de flores en un amplio jarrón.

—Se ha equivocado.

—¿No es esta la 225?

—Sí, pero…

—El encargo es entregarlas en esta habitación —dijo el hombre al que apenas se le veía el rostro tras la gorra calada, los tallos de flores y los pomposos adornos.

Sin darle tiempo a nada más, el hombre le dejó el jarrón en sus manos, se dio la vuelta y se alejó por el pasillo.

—¡¿Has pedido flores?! —gritó Jennifer a través de la puerta del aseo.

—Ya sabes que yo no…

—¡Tenemos que salir de aquí!

Mark salió medio desnudo.

—¡¿Qué…?! —exclamó al ver su cara de dureza.

Jennifer dejó el jarrón con las flores en la cama y empujó a Mark hacia la puerta. En ese momento, cuando estuvo a una distancia de seguridad suficiente, el hombre que había hecho la entrega apretó el botón de *start* de su mando a distancia.

Justo cuando salían de la habitación se oyó una estruendosa detonación, que arrasó toda la habitación.

Debido a la onda expansiva, los dos cayeron violentamente contra la pared del pasillo. Pero enseguida se pusieron en pie. Salvo unos rasguños, alguna magulladura y el aturdimiento, los dos estaban perfectamente.

Jennifer sin perder un minuto corrió hacia a donde había desaparecido el hombre. Una escalera de servicio le condujo al exterior, pero ni rastro del sujeto. Con apenas una ligera camiseta y las bragas tapándola, la gente se arremolinó a su alrededor, pero ella no hizo ni caso de sus preguntas y se dirigió de nuevo al piso, en el momento en que Mark llegaba tras ella.

—Subamos antes de que llegue la policía —le instó la joven.

—Pero la científica…

—Eso luego, primero quiero ser yo la que dé un vistazo. Ponte algo de ropa y encárgate de la policía —dijo mirando su torso desnudo, su amplio abdomen y sus poderosas piernas apenas tapados con una toalla.

Antes de entrar en la habitación, Jennifer vio que las bombillas del pasillo más cercanas a la habitación estaban rotas, y era obvio por la forma en que habían quedado los cristales que no era por la explosión.

En pocos minutos la policía y los bomberos estaban en el edificio.

Mark se ocupó de las explicaciones con los jefes de ambos cuerpos. Cuando acabó fue hasta donde estaba Jennifer fumando un cigarrillo en el jardín del hotel.

—Hablé con él y no pude advertir que era el asesino —dijo la joven mirando a lo lejos.

—Eso puede pasarle a cualquiera.

—Sí, pero vi que se iba en dirección contraria al ascensor y la escalera. Fue hacia la salida de emergencia. Pero no lo procesé mentalmente hasta que sentí el peso excesivo del ramo y el jarrón. Entonces no tuve duda, era una bomba.

—Dame un cigarrillo, anda.

—¿Vas a fumar? —se extrañó, ya que el inspector nunca fumaba.

—Hoy sí.

Mark encendió el cigarrillo, miró también a lo lejos y dijo:

—Alguien no quería que volviésemos al rancho o que siguiésemos con la investigación —como la joven siguió en silencio, dijo—: Le cogeremos.

—Lo sé —contestó Jennifer mientras las conexiones de sus células cerebrales trabajaban a pleno rendimiento. Pensativa, Jennifer sentenció—: Cuando algo malo sucede alguien tiene que pagar.

—Ojo por ojo —opinó Mark.

—No, nada de eso. Es el equilibrio de la vida y de las cosas. Al menos para mí.

La criminóloga esperó a que acabasen los diferentes cuerpos de policía y entró de nuevo en la habitación. El papel floral de las paredes estaba ennegrecido y varios trozos colgaban inertes. Hasta los almohadones y el cubrecama antes de un rojo vivo, ahora estaban opacados por la explosión y el humo.

Mientras Jennifer revisaba de nuevo la habitación, aparecieron Ron y Perry, los dos detectives de la brigada de Mark. Al menos la ropa no había sufrido daños, la puerta del armario y la distancia del núcleo de la explosión la había protegido, al igual que las armas de los dos.

La dirección del hotel les proporcionó dos habitaciones con la esperanza de que esta vez no las destrozasen.

18

NO LO DUDES

Poco después de que amaneciese los dos salieron hacia el rancho. Pero esta vez iban acompañados de Ron y Perry.

Cuando llegaron en sendos coches a la barrera que bloqueaba el paso al centro, los dos hombres estaban apostados uno a cada lado del camino.

—¡Abrid! —ordenó Mark.

No hizo falta que consultaran por el walkie-talkie. Con parsimonia, Bill levantó la barrera, dejó el paso franco y se subió al primero de los coches.

—Hoy traéis compañía —atestiguó Bill.

Mark lo observó por el retrovisor. Su cabeza rapada brillaba como un faro en la noche y cuando la agachó para pasarse las manos por la cara pudo ver con claridad la calavera que llevaba tatuada. ¿Por qué hay gente que se tatúa cosas negativas?, pensó Mark, son para toda la vida.

Al llegar se dirigieron a ver a McCully.

—¡¿Qué les ha pasado?! Estábamos preocupados. Nos han llegado noticias de que anoche estalló una bomba en el hotel. ¿Están bien?

—Sí, no somos blancos fáciles de abatir —contestó Mark.

—¿Quién les ha dicho lo sucedido? —preguntó Jennifer.

—Bill fue ayer a recoger unos encargos en la ferretería y al pasar cerca del hotel vio el revuelo.

—¿Puede decirle a Patti que venga para continuar la entrevista de ayer?

—Qué extraño no he visto a Patti en toda la mañana —dijo Jack McCully.

—¡Vamos en su busca! —exclamó Jennifer—. ¡Cuál es su habitación!

—La tercera casa de la izquierda, la puerta del fondo del primer piso.

Jennifer y Mark entraron como una exhalación en la casa y subieron los escalones de tres en tres, y entraron sin llamar en la habitación.

Sobre la cama yacía el cuerpo sin vida de Patti O'Connor. La chica pelirroja que se llamaba como Patti Smith porque a su madre le encantaba la cantante y poetisa de Chicago.

Por las marcas del cuello, era obvio que había sido estrangulada.

Mientras llegaba la científica, Mark, Ron y Perry tomaron declaraciones e inspeccionaron la parte exterior, y Jennifer con cuidado de no alterar el escenario revisó el cuarto. En la pequeña estantería había varios libros sobre filosofía y psicología. Junto a ellos, vio uno sobre la vida de Patti Smith, lo abrió y entre sus páginas encontró varias fotos con su familia, con residentes del centro y algunas más de distintos momentos de su vida. Jennifer las observó con atención y se guardó algunas en el bolsillo de la chaqueta. Y antes de salir cogió el cepillo de la joven y después de observarlo con detenimiento extrajo cuidadosamente algunos cabellos y los guardó en una bolsita de pruebas.

Miró de nuevo el cuerpo sin vida de una muchacha tan llena de vida, y Jennifer le habló en voz alta como si pudiese escucharla.

—Atraparé al que te ha hecho esto. No lo dudes.

En el camino de vuelta a Nueva York, Jennifer permanecía en silencio.

—Te veo muy concentrada —le comentó Mark.

—Hay gestos muy simples, pero muy efectivos. Arrugar el entrecejo ayuda a la mente a concentrarse.

—Hasta cuando te concentras estás muy atractiva. Pero eso es que hay cosas que te preocupan.

—No me preocupan, me ocupan. Están todas en la mente buscando su lugar para que el puzle se vaya organizando hasta encontrar un paisaje claro. Pero sí, hay varias cosas que no encajan.

—Cuéntame a ver si puedo ayudar a esclarecerlas.

—Son cosas inconexas, una palabra dicha, un gesto, una duda al responder... Por ejemplo, por qué Jack McCully ha estado tan colaborador. El locutor Bob Johnson a pesar de lo perjudicial que nos dijo era para él la muerte de Evelin en realidad se ha lucrado considerablemente gracias a ella. También está el comportamiento de Michael Foster hacia su hermana o por qué su padre siempre que habla de su hija la llama por su nombre de pila, en ningún momento ha dicho "mi hija", ni en su sepelio, ni poco después de haber muerto, o Bill...

—¿Bill? ¿El de la barrera de la entrada?

—Sí, a pesar de parecer un simple guarda mal encarado, creo que tiene más peso en el rancho de lo que parece. O Joe.

—¿Quién es Joe?

—Sí, su compañero que aparece siempre que vamos junto a él. Es uno de esos tipos que no llama la atención ni a sí mismo ante un espejo —y eso sí despertó el interés de Jennifer: demasiado anodino. Podía ser, claro, tipos así había por todas partes, pero ¿allí en aquel momento y, sobre todo, que ella se fijase en él precisamente por eso?

—Hay que investigarles, a los dos.

19

EL LABERINTO

Al llegar a su apartamento, la adrenalina del atentado aún estaba circulando por su cuerpo y Jennifer decidió salir a tomar el aire. El cielo encapotado no invitaba a pasear por las calles. Cogió el coche y a pesar del viento racheado de la noche bajó la capota para que el aire refrescara sus ideas. Al cabo de un rato aparcó junto al local de Kayla, El Laberinto.

El local estaba atestado. El grupo que solía actuar, The Fabulous Band, tocaba *Fisherman´s Blues* del grupo The Waterboys, y Kayla cantaba con su voz profunda: *Desearía ser el guardafrenos de un tren que frena febril, estrellándose precipitadamente hacia el corazón de la tierra, como un cañón en la tormenta con el latido de los durmientes y el ardor del carbón, contando las ciudades que van pasando en una noche llena del alma, con luz en mi cabeza y tú en mis brazos.* Y mientras decía esta última estrofa miró con la mirada encendida a Jennifer.

La espectacular mujer bajó del pequeño escenario y fue hacia la barra, mientras The Fabulous Band seguía tocando.

—Holaaa —saludó efusivamente Kayla sonriendo al llegar junto a Jennifer—. Vaya, quién está aquí, mi amante por una noche.

—Y vaya noche —le guiñó un ojo la joven.

El vestido ceñido a sus rotundas curvas destacaba su magnífica silueta, y viendo la mirada admirada de Jennifer:

—Si tengo grandes tetas y un buen trasero por qué no mostrarlo, no voy a ocultarlo tras vestidos amplios y bordados.

—Me gusta que luzcas tu cuerpo —aseguró Jennifer, y siguió bajando la voz—, y más si yo puedo disfrutar de él.

—Ve con cuidado que hay quien se puede escandalizar de oírnos hablar así —dijo mirando a dos hombres sentados en la barra, que sonreían tímidamente, mientras ella cogía dos vasitos y los rellenaba de tequila como era costumbre cuando Jennifer iba al local.

—Mejor mostrar que tapar —se atrevió a decir uno de ellos.

—Para que cuando nos vaya mal, nos vaya como esta tarde —brindó Kayla levantando el vasito de tequila, sin sal, sin limón, *derecho*, y de un trago ambas se lo tomaron.

—¿Qué tenemos para ofrecer a nuestra amiga? —preguntó Kayla a una de sus camareras—. La veo hambrienta.

—Han devorado todo lo que habías preparado y la cocina está cerrada —le advirtió la chica.

—Ven, acompáñame —le dijo a Jennifer—, te prepararé algo.

La cocina estaba recogida y a media luz.

—Deberías venir esta noche a mi casa —le susurró Kayla, pasándole un brazo por la cintura.

—Ya me gustaría, pero estoy metida de lleno en un caso…

—Lo entiendo —aseguró la espectacular negra apretándose más a Jennifer.

Cuerpo a cuerpo. Sus miradas se hallaron en la tenue luz y se besaron apasionadamente. Jennifer se dejó llevar y sintió como las manos de Kayla recorría su cuerpo centímetro a centímetro. La joven abrió ligeramente su blusa y se subió la falda.

Los labios cálidos y suaves, lentos y apasionados. Jennifer se estremecía en cada poro de su piel. Se apoyó sobre un taburete y Kayla siguió besándole la piel excitada. Todo su cuerpo vibraba hasta que su mente estalló en mil sensaciones gozosas.

—Para que te vayas más relajada a trabajar en tu caso —le dijo guiñándole un ojo mientras ponía en su sitio la camiseta de tirantes que llevaba debajo del ceñido vestido—. Y ahora te voy a preparar un especial de la costa este, ligero pero nutritivo, para que vayas a descansar bien alimentada.

En un momento le preparó un Lobster Roll, una especie de sándwich de langosta aderezada con mayonesa, sal, limón y pimienta.

Esa noche, Jennifer durmió profundamente, sin soñar con Jim Morrison y su mirada irónica mientras le cantaba *Sí, vamos al bar de la carretera. Vamos a pasarlo realmente bien...*

Al despertar aún le parecía sentir el olor de Kayla, el fresco aroma de los limones al abrirlos.

20

LAS PESQUISAS DE LA BRIGADA

El cielo de la mañana seguía encapotado y un viento racheado recorría la tercera avenida. Con la capota subida y con un cárdigan largo de lana fina de color gris marengo sobre un suéter negro de punto y pantalones vaqueros ajustados, Jennifer se dirigía a la brigada criminal.

En cuanto llegó a la entrada del edificio de la brigada contra el crimen de la ciudad de Nueva York, vio que la acera estaba invadida de reporteros con sus respectivas cámaras, que permanecían ociosos de guardia. Por un momento pensó en pararse y explicar algún detalle de la investigación para tratar de provocar una respuesta colaboradora en la gente, pero finalmente desechó la idea y subió a la brigada cuando Ron estaba explicando al inspector los resultados de sus pesquisas. Al verla llegar, Mark le pidió a su detective que comenzase desde el principio para que la criminóloga se pusiese al día.

—Hemos investigado y, efectivamente, los abogados de los Foster pusieron una demanda por retención ilegal al centro Un nuevo comienzo, pero al ser mayor de edad y estar legalmente en plenas facultades mentales el juez se lo denegó.

—Pero la cosa no quedó ahí —contribuyó Perry—. A continuación, trataron de incapacitarla, pero tampoco lo lograron.

—¿Y el tal Bill? —preguntó Jennifer.

—Hemos comprobado que tiene deudas de juego —dijo Ron.

—Y muchas —se sumó Perry.

—¿Qué más?

—Pronto tendremos más información —dijo Mark—. Paciencia.

Pero la paciencia no era una de las características de Jennifer.

—Comprobad sus cuentas.

—Eso ya lo hemos hecho —dijo Ron, acostumbrado a la vehemencia de la criminóloga cuando estaba enfrascada en un caso, y más cuando habían intentado asesinarla—. No hay nada anómalo. Sólo tiene una cuenta con 63 dólares.

—¿Y las cuentas del centro Un nuevo comienzo?

—Estamos en ello, pero no hemos encontrado más de lo que ya sabemos.

—Nada entonces.

—Nada, parecen limpios.

—¿Y Bob Johnson, el locutor?

—Ha seguido igual que hasta ahora. Una vida predecible y rutinaria. Sin embargo, en los últimos tiempos sus deudas habían aumentado significativamente y sus cuentas bancarias no eran muy boyantes. Pero las cosas han cambiado y sí que hay algo relevante.

—Dinos —apremió Jennifer.

—Sus índices de audiencia se han disparado y su porcentaje sobre los beneficios que se obtienen de la publicidad durante su programa han aumentado extraordinariamente.

—Así que a pesar de su aparente disgusto por haber quedado marcado como el locutor al que se le suicidó una chica en directo, tal como nos dijo, la realidad es que la muerte de Evelin le ha venido muy bien y le ha salvado de un problema económico.

—Cierto —corroboró Ron.

—El morbo vende —reflexionó la criminóloga—. ¿Y de los Foster qué sabemos?

—Con ellos es más difícil averiguar algo de sus cuentas. Tienen un entramado complejo de empresas, cuentas, fondos…

—Vamos a encontrarnos con Michael Foster —propuso Jennifer.

—¿Algún motivo en concreto? —quiso saber Mark.

—Ponerle al día de los avances de la investigación y tratar con él algunas dudas. Dile que no hace falta que venga a la brigada, ponle cualquier excusa para quedar con él en el café Gorilla en el barrio de Park Slipe en Brooklyn entre Park Place y la Quinta.

Mark la miró sin entender sus intenciones, pero sabía que la criminóloga no hacía nada por nada. Y vio como salía de la brigada en dirección a Solution Channel.

21

TEATRO URBANO

Eran las nueve de la mañana. Michael Foster apareció con un elegante traje gris perla y camisa blanca. Jennifer sonrió complacida al verle mientras él se dirigía a la mesa donde los dos le esperaban.

La camarera se acercó solícita a peguntarle qué quería tomar. El hombre pidió un café y una botella de agua.

—Aunque ya sabe que no podemos dar detalles de la investigación, podemos decirle que hemos logrado algunos avances que esperamos pronto nos lleven a poder cerrar el caso —Mark no sabía bien qué decirle y divagaba a la espera de que Jennifer interviniese.

La camarera le llevó la botella de agua y le sirvió una parte en el vaso.

—Enseguida le traigo el café.

—Así es, estamos haciendo avances importantes —dijo Jennifer—. Por cierto, disculpe que se lo pregunte ¿estaba usted muy unido a su madre?

—Por supuesto —contestó con cierta indignación, y bebió un sorbo del vaso de agua.

Al servirle el café, la camarera tropezó y el contenido de la taza cayó sobre el elegante traje gris perla dejando una mancha marrón.

—¡Hay que ser estúpida! —estalló el hombre.

—Disculpe. Se lo limpiaré —dijo la camarera, desolada. Con un trapo trató infructuosamente de arreglar el desaguisado del traje, cuya mancha se extendió más aún.

—¡Aparta! —exclamó dándole un empujón—. ¡Estúpida, inepta!

Michael Foster trató de serenarse viendo que se había puesto en evidencia, pero su mirada seguía encendida.

—Para que hables tan mal a la camarera, hay que ser muy mala persona —se dirigió Jennifer a él con mirada serena.

El hombre esbozó una sonrisa condescendiente.

—Todos tenemos nuestras cosas, aunque de ti aún no lo tengo muy claro, tu acompañante debe de ser muy tocapelotas para que su novia le deje una semana antes de la boda. ¿O no? —el hombre le apuntó con el dedo y lo agitó en el aire.

—En eso tienes razón —sonrió complacida Jennifer ante la mirada asombrada y torcida de Mark—, a veces es bastante testarudo, pero... veo que has hecho bien los deberes y has investigado quiénes somos, al menos a él.

Jennifer había logrado bajar la guardia de Michael Foster y había confesado que el asunto le preocupaba al menos lo suficiente como para investigarles.

Por un momento el hombre se desconcertó, pero enseguida se repuso.

—Así es, pero dame un poco más de tiempo y sabré mucho más de ti.

—Yo también de ti, y no sólo de cómo hablas a las camareras —dijo Jennifer dando un golpe fuerte en la mesa que hizo temblar toda la estructura y la cubertería.

—Bueno, creo que está todo dicho —dijo el hombre levantándose—. Mi padre va a presentarse a senador y no conviene que su hijo salga en los medios por un estúpido altercado en un lugar público. Cualquier cosa, será mejor que la tratemos a través de nuestros abogados.

—¡¿A qué ha venido esto?! —le preguntó Mark cuando el hombre se marchó.

—Era mejor que él se fuese primero. No quería arriesgarme a que saliésemos todos juntos —dijo mientras sacaba un pañuelo del bolso y cogía el vaso en el que había bebido Michael Foster y lo metía en bolsa de plástico de pruebas del laboratorio de criminalística.

—Eres increíble —aseguró boquiabierto Mark—. Pero ¿y si la camarera no hubiese derramado el café sobre él?

—No suelo dejar las cosas en manos de azar. ¡Gina! —llamó Jennifer a la camarera.

—¿La conoces? —se sorprendió Mark.

—Claro, es una destacada estudiante de arte dramático. Muchas gracias por la interpretación —dijo Jennifer a la sonriente y bella joven camarera—. Te debo una.

—Lo tenías todo previsto. Eres increíble —repitió de nuevo Mark—. ¿Y si él no hubiese reaccionado así?

—Es un tipo muy retorcido, de esos capaces de hacer caca en el jardín para que los ladrones crean que tiene un perro muy grande y no entren.

—No entrarán, pero por el asco que les dará.

—Me refiero a que da muchas vueltas a las cosas y busca caminos extraños para los demás, pero que él ve como de lo más normal. Desde la agencia hemos estudiado a fondo su carácter, y es muy voluble e impredecible, o en este caso muy predecible. Y el traje gris perla fue el detalle perfecto. La mancha iba a resaltar más sobre la tela y eso le enfurecería más todavía. Además, siempre quedaba la baza de estar el tiempo suficiente para que se fuese antes que nosotros.

—Hubiese sido lo más fácil.

—Me gusta tener varias opciones abiertas; por si acaso alguna falla. Además, ahora sé que su carácter iracundo es algo a tener en cuenta en el caso. ¿Te dejó tu novia? —preguntó Jennifer cambiando de tema.

—Más bien la dejé yo cuando te conocí, pero cara a la gente y a su familia aparentó que era ella la que me dejaba. Cuestión de matices. Pero este tipo nos ha estado investigando. ¿Por qué?

—Hay a quien le gusta cotillear en los asuntos de la gente que le rodea o que simplemente aparece circunstancialmente en su vida.

También Jennifer tenía un amante fijo cuando conoció a Mark, y algunos esporádicos, pero siguió con su relación simultaneándola a la perfección al gusto de los tres hasta que su amante fue asesinado. Jennifer había atrapado a los asesinos, pero no al cerebro que se ocultaba detrás. No cejaría hasta lograrlo, pero ahora tenía otro asunto que ocupaba su mente, su capacidad espacial y memorística y sus asombrosas conexiones sinápticas y redes de circuitos neuronales, que le permitían agudizar al máximo la percepción del más mínimo suceso.

En ese momento sonó el teléfono de Jennifer. Al otro lado de la línea, John y Úrsula hablaban entre ellos.

—Decidme qué pasa.

La atractiva Úrsula fue la primera en responder:

—Hemos comprobado que Bill Thompson es un experto en explosivos y que estuvo con Joe Martín en el ejército, quien a su vez era un magnífico mecánico. Bill fue expulsado por graves faltas de disciplina y al poco tiempo su amigo pidió la baja.

—Pero lo más relevante es que hemos conseguido rastrear una reserva hecha por Bill Thompson —intervino John con entusiasmo—. A través de una agencia de viajes ha pagado en efectivo dos billetes en avión a México y ha reservado una habitación en un hotel de cinco estrellas. Está preparándose para levantar el vuelo. Hay que darse prisa en echarle el guante.

—Vale, pero mientras tanto mira a ver si pones en marcha ese programita de reconstrucción facial y de reconocimiento de rostros, y usas esa aplicación capaz de encontrar similitudes entre distintas personas.

—¿A quién buscamos?

—A un fantasma —dijo Jennifer, y le envió un mensaje con unas fotografías.

En ese momento, Mark recibió la llamada de Gardner.

—He estado entretenido tratando de recuperar el número de serie del arma.

—Pero estaba totalmente borrado.

—Siempre hay caminos nuevos que explorar para los genios —se autoalabó el doctor—. Al grabar un número sobre un metal, en este caso acero, las partículas de metal se ven comprimidas más allá del alcance de la simple grabación. Si vamos eliminando con cuidado las capas superiores donde estaba el número, llegamos a donde ya no estaría incluso si aún estuviese grabado, y debajo hay áreas de comprimidas debido a la fuerza de la grabación que podemos tratar de forma que uniformice su reflexión a la luz, y por haber sido comprimidas su respuesta es totalmente distinta por lo que se verá resaltada la numeración o, al menos, parte.

—Doctor, eres un genio.

Gardner pasó a la brigada parte de los números de serie de la Beretta M9 con que se hizo el disparo que acabó con la vida de Evelin Foster. Con esos datos, Ron y Perry hicieron un listado de posibles dueños del arma homicida. Fueron llamando de uno en uno a los posibles candidatos para verificar que poseían el arma y enviar a coche policía para requisarla hasta comprobar si era el arma que buscaban.

Una de las llamadas fue esclarecedora. Un coronel retirado del ejército no la encontró donde debía estar.

Jennifer y Mark se presentaron en un barrio de Staten Island donde vivía el hombre que figuraba como su dueño del arma.

El viejo coronel les abrió la puerta de su casa de una sola planta con una gran bandera americana jalonando el techo de madera blanca.

—Le voy a enseñar unas fotos —le dijo Jennifer.

Jennifer puso sobre la mesa unas cuantas fotos y las fue pasando una a una mientras el hombre negaba con la cabeza hasta que levantó la mano.

—¡Espere! ¡Conozco a este hombre! —exclamó señalando una foto hecha en el centro de Un nuevo comienzo que Jennifer había cogido del cuarto de Patti—. ¡Es Joe!

—¿De qué le conoce?

—Estuvo haciéndome algunos trabajos de mecánica con un viejo coche que tengo y, de pronto, desapareció.

—¿Y eso no le inquietó?

—No, lo hacía a menudo. De hecho, iba a decirle que no volviese. Lo cogí por ser un veterano del ejército.

—¿Se conocían de antes?

—Estuvo en el destacamento que yo dirigía.

—Así que estaba al tanto de que usted poseía armas en su casa.

—Sí, claro —afirmó el hombre.

22

LA CAZA DEL ASESINO

Joe y Bill, la pareja de exmilitares. Esta vez iban a su encuentro con más refuerzos, Ben García y Donald Walker, dos de los miembros de la agencia Solution Channel.

Ben era un tipo duro y curtido, de manos pétreas y de origen mejicano. Detective y boxeador retirado, su cara de pocos amigos solía ser una buena carta de presentación en determinados ambientes. Y Donald era un experto en fotografía y vídeo, especialista en el seguimiento de personas. Melena rubicunda, impulsivo, simpático, un joven que podía parar inadvertido en cualquier lugar con su ropa corriente e informal.

Al llegar a Un nuevo comienzo se encontraron con que la única entrada para vehículos estaba obstruida por rollos de alambre de espino galvanizado. Mark y los detectives de la brigada fueron hacia la entrada.

—¡No os acerquéis más!

—¡Queremos hablar con Bill y con Joe! —gritó Mark—. ¡No pongáis las cosas más difíciles!

—No entregarán a dos de los suyos, así como así —dijo Ron—. No creen en la justicia americana. Sólo aceptan sus propias normas y para ellos Bill y Joe no las han incumplido.

—Están reconocidos como comunidad religiosa y la policía no puede entrar a no ser que los federales sepan que cobijan a un criminal —explicó Jennifer, acercándose con Ben y Donald al grupo.

—No tenemos pruebas concluyentes, y aunque les cortásemos el agua y la luz, no serviría de nada —explicó Mark.

—Tienen agua de lluvia, pozos y energía eólica y solar. Incluso si les cortamos la señal de internet, tienen acceso a comunicarse vía satélite —dijo Ron.

—Sí —razonó Mark—, pueden resistir varios meses. Tienen luz, agua y comida. Tienen sus propios huertos y poseen grandes reservas de alimentos procesados y almacenados por ellos mismos.

Mientras tanto, desde la brigada Mael estaba haciendo todo lo posible para obtener una orden de un juez federal para entrar. Y desde la agencia Solution Channel, John trabajaba con los planos de la zona y concretamente del rancho para encontrar una entrada alternativa.

Mark se puso en contacto con los federales para comunicarles lo que sucedía por si, finalmente, se conseguía la orden para asaltar el rancho. La agencia federal tenía la jurisdicción sobre terrorismo, espionaje y crimen organizado.

Un rato después se presentaron dos coches con varios agentes bien pertrechados.

—Capitán —saludó Mark.

—Hace tiempo que tenemos ganas de poner las cosas en su sitio a esta gente —dijo el agente federal—. Pero no podemos entrar sin una orden.

Finalmente, tras varias horas de presentar pruebas y negociar, Mael consiguió que el juez federal le diese el visto bueno.

—¡Vamos allá! —exclamó Mark, y Jennifer desenfundó su Beretta 9000 con cargador para doce balas—. Esta gente tiene armas. Al menos hemos visto una A-15 y puede que tengan más, y saben utilizarlas. Al menos dos de ellos, Bill Thompson y Joe Martín, son expertos en el uso del fusil militar M16, y la A-15 es la versión civil de esta arma militar.

—Puede disparar 100 proyectiles sin necesidad de recargar y pueden abatir a varios combatientes al mismo tiempo, y los chalecos antibalas no siempre protegen de los impactos de bala de este tipo de fusil —intervino el capitán—. Así que habrá que ir con el máximo cuidado y no exponerse más de lo necesario. Quiero que volvamos todos a casa. ¡Entendido!

—¡Esperad! —Jennifer acababa de recibir información de John de los puntos más débiles del cercado del rancho—. Según los planos que hemos obtenido, a una milla hay una zona elevada desde la que se puede entrar con más facilidad y aunque habrá cámaras, tardarán unos minutos en llegar y ya estaremos dentro y podremos parapetarnos en una loma situada a noventa grados oeste.

—¡Vamos allá! —repitió Mark, poniéndose en marcha.

El viento racheado agitó su pelo, y Jennifer lo recogió en una coleta para que no le dificultase su visión.

Todo el grupo se preparó para entrar, unos irían por donde la criminóloga había indicado y otros se quedarían en la entrada principal, aunque parapetados detrás de los coches. Para así que centrasen su atención en ellos y no en que el otro grupo iba a entrar por un punto distinto. Pero antes de hacerlo, los hombres de la entrada abrieron la cerca y dejaron caer las armas.

—¡¿Por qué nos dejáis pasar?! —preguntó Mark.

—Órdenes de nuestro mentor.

Vaya, pensó Jennifer, Jack McCully de nuevo se muestra colaborador con nosotros.

Los coches de los federales y de la brigada entraron en el recinto sin oposición. Llegaron al edificio principal y allí McCully les indicó que a quienes buscaban habían huido.

—Nosotros no sabíamos nada de este asunto —aseguró McCully y de nuevo parecía el hombrecillo pusilánime que habían conocido tiempo atrás—. Fueron ellos quienes dieron la orden, sin yo saberlo, de no dejaros entrar. Bill Thompson y Joe Martín han huido en un vehículo todo terreno. En cuanto me he enterado de lo que sucedía en realidad, he dicho a mi gente que depusiese las armas y os dejase entrar.

Estaba claro que, ante la huida de dos de sus hombres de confianza, McCully trataba de ayudarles para no parecer cómplice de los asesinatos y de oponerse a la entrada de las fuerzas federales.

—Han huido por ese camino —señaló hacia un sendero que salía del grupo de casas.

Desde Solution Channel la gente de Jennifer fue cotejando toda la información que Donald les iba pasando en tiempo real de lo que sucedía a través del pinganillo con cámara que llevaba y les hacía llegar el audio y el vídeo de todo lo que pasaba.

—Por ahí tienen que dar un gran rodeo por senderos que acaban en la montaña, salvo uno que conecta con la carretera —dijo John desde la agencia—. Si os dais prisa podéis volver por el camino por donde habéis entrado al rancho e interceptarles antes de que lleguen a la carretera y se pierdan en la Ruta 1 o en la Interestatal 95.

Después de compartir la información, decidieron que los federales irían siguiendo el rastro de los huidos y los dos coches de la brigada con Jennifer y Ben irían a tratar de interceptarlos.

En el momento en que los coches de los federales emprendían el camino, se oyó una ráfaga de disparos. Los miembros de la brigada bajaron de los coches y fueron en ayuda de los federales.

Joe estaba apostado tras una pila de materiales de construcción en el borde de un camino. Un federal cayó herido, pero pudo ponerse a cubierto tras la carrocería del coche. El capitán llamó a la central para que les enviasen un helicóptero para que fuese a localizar al vehículo de Bill con las características que le facilitó Mark, pero el tiempo de llegada estimado haría que seguramente ya habría desaparecido por las diferentes carreteras de la zona.

—Id a cortarle el paso a la carretera, como tenías previsto —dijo el capitán—. Nosotros nos encargamos de este tipo. Además, he pedido refuerzos.

Los federales rodearon la posición donde se encontraba apostado Joe. El tipo intentaba retenerlos el tiempo suficiente para permitir que Bill escapase. Sin duda era un tipo leal hasta las últimas consecuencias.

Mientras los dos coches con la gente de la brigada contra el crimen y de la agencia Solution Channel se alejaban, se oyeron varias ráfagas de disparos. Los federales no se iban a quedar en contemplaciones, y más después de haber herido a uno de los suyos.

Los dos vehículos avanzaban a toda velocidad por el camino de tierra levantando una gran polvareda a su paso, hasta que salieron a la carretera asfaltada. Cuando estaban llegando al punto de encuentro entre el sendero que debía seguir Bill y la carretera, por la radio el capitán les notificó que habían abatido a Joe.

—Buen trabajo —dijo Mark—. Ahora nos toca a nosotros.

A pocos metros delante de ellos, el todoterreno conducido por Bill apareció de improviso levantando una gran polvareda que por un momento dificultó la visión a los dos conductores. Pero enseguida Ron situó el coche que conducía a pocos metros del de Bill y trató de embestirle. El tipo, viendo a maniobra, lanzó una granada que estalló a pocos metros.

Repuesto de los bruscos movimientos que tuvo que hacer para esquivar al artefacto y por la onda expansiva, Ron chocó con el gran vehículo de Bill, provocándole un zigzag que lo sacó de la carretera cayendo en una cuneta.

El coche donde iban Ron, Perry y Donald quedó a un lado de la carretera. Mark, que conducía el otro coche, se encontró con los disparos de ametralladora que hacía Bill después de salir como pudo del vehículo inutilizado tratando de huir. Mark disparó repetidamente su pistola. Ben aprovechó que el tipo dejó de disparar para protegerse de los disparos del inspector, y avanzó lo suficiente para tener un tiro limpio y lo abatió.

De una patada, Mark apartó el arma del hombre abatido, pero no era necesario. Bill estaba muerto.

Mientras tanto, Jennifer enfundó su Beretta y registró el todoterreno. Satisfecha salió con una bolsa llena de dólares.

23

CASO CERRADO

Una vez en la brigada, Ron informó a todos que los federales habían abatido a Joe y detenido a Jack McCully.

—Pero no hay nada contra él y van a tener que soltarlo —aseguró Ron.

—Hay cosas que aún no están claras. ¿De dónde salieron los ochenta mil dólares de la bolsa que llevaba Bill Thompson? —preguntó Jennifer.

—McCully asegura que él no sabe nada —dijo Mark.

—Estamos revisando sus cuentas de nuevo, pero no parece que haya nada que lo relacione con ese dinero —intervino Ron.

—En estos sitios, como los de Un nuevo comienzo, se mueve mucho dinero negro —aseguró Mark—. Es posible que lo tuviesen guardado y se lo diesen para que los dos compinches huyesen.

Era plausible, pero Jennifer no lo tenía claro.

—Los federales han encontrado en un cuarto de aperos material para hacer bombas, el mismo material explosivo que se encontró en la bomba del hotel —explicó Ron—. Así que está claro que Bill preparó la bomba y Joe hizo la entrega en el hotel, arriesgándose mucho a ser identificado a pesar de llevar una gorra, ocultarse detrás del ramo de flores y romper las bombillas más cercanas.

—Con todo esto, Mael quiere que cerremos el caso y decírselo ya a la prensa y a las familias, especialmente a los Foster —dijo Mark.

Salvo el detalle del dinero, el caso parecía cerrado. Había

muchos cabos sueltos, pero Mael y otros peces gordos querían cerrar el caso, ponerse las pertinentes medallas y pasar página.

Jennifer sabía bien cómo funcionaba la mente del detective, iba de atrás hacia adelante, sin más, como un toro ante el capote. Pero ella necesitaba tener más perspectiva y ver las cosas en su conjunto hasta que su puzle mental de cada caso estaba completo. Y en este caso quizá podía tener todas las piezas, pero aún no estaban colocadas en su sitio.

Jennifer usaba la mente y sus extraordinarias conexiones sinápticas y sus redes de circuitos neuronales para ir colocando las piezas de su puzle mental de forma que podía parecer aleatoria, pero que de pronto comenzaban a mostrar un paisaje, un camino que recorrer y una meta a la que llegar: atrapar al delincuente.

Jennifer se dirigió a la agencia decidida a seguir con la investigación, aunque la brigada no fuese a hacerlo.

—¿El caso está cerrado? —le preguntó Emma cuando la vio llegar con el resto del equipo.

—Si no hay novedades pronto lo estará, Mael hará que se cierre. Así que tenemos que ponernos las pilas y tratar de encontrar algo, si no tendremos que seguir solos.

—¡Bien, seguimos adelante! —se sumó Nicole.

Nicole Lee, una joven de rasgos orientales nacida en Brooklyn. Los ojos negros, oblicuos, el cabello largo y negro a juego con sus elegantes trajes y los zapatos de tacón, que no le impedían, si la ocasión lo requería, moverse con agilidad en el uso de las artes marciales que practicaba desde niña. Y una de las mejores expertas en caligrafía, arte y falsificaciones de todo tipo.

—Mientras crea que aún queda algo por descubrir, no lo vamos a dejar sin más. Han muerto dos chicas inocentes y han tratado de matarnos. No, no lo vamos a dejar hasta que estén todos los cabos sueltos bien atados.

—¿Y por dónde empezamos? —preguntó Nicole.

—Vamos a sacar a la luz hasta el más mínimo detalle de la vida de Bill, de Joe, del mentor Jack McCully, del locutor Bob Johnson y de los Foster, del padre y del hijo, de su mujer fallecida y, si hace falta, de su mayordomo. Así que dejad todos los casos que tengáis entre manos y en marcha.

Pero un pensamiento rondaba la cabeza de Jennifer: ¿de dónde sacó tanto dinero Bill Thompson? ¿Quién se lo dio? ¿Y por qué?

La criminóloga preguntó a John.

—¿Qué has encontrado con ese programita tuyo de reconstrucción facial y de reconocimiento de rostros?

—Con todo este lío hasta ahora no he podido acabar el proceso comparativo de los sujetos que me pasaste según su raza, para verificar sus vínculos familiares, y, sí, tienes buen ojo.

—Dime —pidió la criminóloga a quien no le gustaban los elogios y prefería los datos.

—Según el programa, es posible asegurar con un elevado porcentaje de acierto que entre Michael Foster y Evelin hay un parentesco en un alto porcentaje, pero no en un cien por cien; y entre Kenneth Foster y Evelin Foster no hay parentesco alguno.

—Es un dato importante, pero no definitivo. Sólo con una prueba concluyente la brigada no seguirá con el caso.

En cuanto todo su equipo se puso con el caso, Jennifer llamó a Mark.

—¿Vas a cerrar el caso? —le preguntó.

—Si no aparece nada nuevo, tendré que hacerlo. ¿Qué te preocupa?

—Espera al menos un día.

—Mael quiere que le pase el informe esta misma mañana. Y después de leerlo, el caso estará cerrado.

—Tengo algo, pero necesito comprobar algo.

—¿El qué?

—ADN.

—¿De quién?

—De una muerta y de un vivo.

—No podemos hacer análisis forenses de ADN así, por las buenas. Cuéntame algo más.

—Vale, mañana a primera hora.

24

ADN

El apartamento de Jennifer era sencillo, pero decorado y amueblado a su gusto. Un amplio salón con la cocina integrada y una cómoda habitación donde destacaba una gran cama cubierta con una colcha beige y suaves sábanas de hilo blanco. Al poco rato de llegar ya dormía profundamente, hasta que se levantó al amanecer y, después de una ducha rápida y de tomarse un café bien caliente, fue directamente a la brigada.

—A ver, cuéntame tus ideas —le dijo Mark en cuanto la vio aparecer.

—Ideas, pero sobre todo datos, pero no te va a gustar.

Mark suspiró y echo en cuerpo hacia atrás en su sillón.

Jennifer sacó el vaso en el que bebió Michael Foster el día en que le preparó una trampa en la cafetería de su amiga actriz.

—Desde el principio vi algo raro en la relación entre Evelin Foster y su familia. Pero hasta hace unos días no empecé a verlo claro, pero podía o no tener relación con las muertes de las dos chicas. Por si acaso cogí unos cabellos que Evelin dejó en el cepillo con el que Patti la peinó antes de que la matasen. Y por eso también monté el numerito en la cafetería entre Gina, la camarera y actriz, y Michael Foster. Con un alto porcentaje de posibilidades Evelin y Michael son sólo medio hermanos.

—¿Y eso qué tiene que ver con el caso?

—Esto abre nuevas posibilidades.

—Hemos cogido a los asesinos de las dos chicas.

—Sí, pero quizá no hemos atrapado al inductor.

—¡Pufff! —resopló Mark viendo el lío en el que se podían meter si hacía caso a los argumentos de Jennifer.

—Ya te avisé que no te iba a gustar.

—Efectivamente, nada de nada. ¿Y qué propones?

—Bajemos a ver a doctor Gardner.

Mark y Jennifer fueron al sótano y entraron en el laboratorio forense.

Gardner se encontraba en la sala de autopsias, un lugar frío y monocromático, donde el blanco y el acero inoxidable prevalecían, y donde el doctor se encontraba como pez en el agua. En cuanto les vio aparecer se quitó las gafas protectoras y la mascarilla.

—Sabía que volveríais. La criminóloga no está satisfecha —dijo irónicamente.

—En algunos aspectos, no. Pero en otros sí —respondió la joven con una sonrisa franca.

—Bien, vayamos al grano. ¿Cuál es el problema?

—El problema —repitió Jennifer— es que tenemos un vaso y unos cabellos, y necesitamos saber la relación de parentesco entre quien bebió y quien se peinó.

El médico forense iba cubierto por una bata y pantalones de quirófano. Se quitó el gorro que cubría su cabeza y los guantes de látex.

—Y por lo que creo, tenéis prisa.

—Mucha —dijo Jennifer con tono de solicitud.

—Esto es atípico —la voz de Gardner reverberó en la sala—, pero bien, me deberéis una, pero si la prueba no indica lo que vosotros esperáis, esto no figurará en ningún informe y nadie deberá enterarse. ¿De acuerdo?

Los dos asintieron, Jennifer depositó con cuidado las dos bolsitas sobre una mesa de acero.

—Ah, por cierto —concluyó el doctor—. El maquillaje de la fallecida era reciente, no más de una hora.

Antes de que acabase la mañana, el doctor Gardner les hizo bajar al laboratorio forense.

—He analizado el ADN encontrado en el vaso y sólo había el de un individuo, varón, por cierto.

—La buena de Gina lo lavó bien antes de dejarlo en la mesa.

—Sí —afirmó Gardner—. Asimismo, he analizado el ADN del cabello. Hay dos clases de ADN, pero uno de ellos debe de ser por contaminación de la prueba.

—El cabello estaba en un cepillo del pelo que usaron dos mujeres, una pelirroja y la otra morena, que es de la que son los pelos que cogí, pero seguro que algo de ADN de la otra chica también entró.

—Así es, pero de la muestra de cabello más abundante podemos asegurar que se trata de una mujer.

—Cierto —corroboró Jennifer—. Las dos muestras de cabello del cepillo lo eran.

—Bien, con respecto a las dos muestras, la del vaso y la de los cabellos, podemos afirmar que estas dos personas son parientes. Y por acaso hubiese juicio, podemos diferenciar si se trata de un hombre o una mujer, aparte de por el gen Y y el gen X, porque, aunque tanto las mujeres como los hombres tenemos prácticamente la misma cantidad de genes, y la presencia o no del gen SRY distingue a ellos de ellas, la diferencia está en la actividad o inactividad de unos genes en concreto —Jennifer y Mark estaban al corriente de lo que el doctor les contaba, pero escuchar su pequeña disertación médica formaba parte del protocolo Gardner—. Bien, vayamos al asunto, en este caso un ADN corresponde a un hombre y el otro a una mujer. Y lo que nos interesa —ahora el doctor levantó ambas cejas, que sobresalieron por encima de sus gafas, dándole un aspecto inquisitivo—, los dos tienen vínculos familiares cercanos, pero no son hermanos de padre y madre. Sólo les une la madre.

Aquello corroboraba la hipótesis de Jennifer y los datos obtenidos de la constitución facial entre ellos. Justo cuando salían del laboratorio, el teléfono de Jennifer lanzó las primeras notas de *Moanin* con Charles Mingus al saxo.

Al descolgar se oyó la voz de John.

—Tenemos novedades, aunque no es seguro que tenga nada que ver con el caso.

—Dime —le apremió Jennifer.

—Hemos encontrado una cuenta de gastos de representación, supuestamente para comidas, viajes… de una de las empresas de los Foster. Es una cuenta que podríamos considerar opaca para ocultar esos gastos al fisco o hacerlos pasar por gastos cuando se destinan a otros asuntos.

—¿Y?

—Y unos días antes del asesinato de Evelin, de ella salió una cantidad igual a la que encontramos en la bolsa de Bill Thompson: 80.000 dólares.

—¿Quién firmó la orden?

—La firma electrónica es de Michael Foster, el hijo.

—Vamos a por Michael Foster —dijo Mark—. Tuviste buen olfato con él.

Pero Jennifer guardó silencio mientras iban a ver al capitán.

Mael se pasó la mano por su pelo cortado al uno y pareció que se había electrocutado con la electricidad estática del roce cuando exclamó:

—¡Maldita sea! Es que nunca podemos tener un caso sencillo y no meternos en problemas. Porque éste lo es, y gordo —su rostro aún se avinagró más cuando vio pasar a Ron y Perry escoltando a Michael Foster a la sala de interrogatorios de la brigada.

No había tiempo que perder. Los dos entraron en la sala y enseguida Jennifer se puso a la faena.

—Vamos a ver. Un par de días después de la muerte de su hermana hubo una salida de 80.000 dólares. ¿Para qué se usaron?

—No recuerdo… —el rostro del hombre era realmente de sorpresa y de duda.

—Por muy rico que sea, 80.000 dólares no es una cantidad que se olvida en unos días —le presionó Mark—. Tendrá que ser más explícito o tendremos que detenerle.

En eso apareció el abogado de la empresa.

—Si no tienen nada más contra mi cliente será mejor que nos vayamos —fue lo primero que soltó al entrar en la sala.

En vez de levantarse de inmediato, Jennifer notó que el hombre se levantaba con cierta lentitud y aprovechó la ocasión.

—¿Sabía que su hermana era en realidad medio hermana?

—No… yo no.

—Será mejor que no digas nada —le soltó el abogado.

Aun así, Michael Foster volvió a sentarse.

—Así que el numerito de la cafetería fue para conseguir mi ADN, ¿no?

—Cierto —dijo Jennifer sin ningún gesto de triunfo.

—¡Eso es absolutamente ilegal! —intervino el abogado—. Y no tendrá validez alguna ante un juez.

—¡Cállate! —le ordenó su cliente ante el desconcierto del abogado.

—Sabe muy bien que, con la prueba de la salida no justificada de la cuenta bancaria y el dinero encontrado en poder del asesino, podemos detenerle y luego pedir la exhumación del cadáver de Evelin —intervino Mark.

—¿Pero que no sea hermana más que por parte de mi madre qué tiene que ver con su muerte? —preguntó Michael.

—Quizá se enteró y prefirió no compartir la herencia y el legado de su padre con una chica a la que no quería y que nació cuando usted ya era un joven ambicioso.

—Yo quería a Evelin —el hombre bajó la mirada—. Siempre sospeché que no era hija de mi padre, pero eso no era cosa mía, y además puede que eso nos acercase aún más. Yo la quería. Nos queríamos. Éramos… éramos más que hermanos. Y el día que murió yo iba a ir a verla.

—Ella se vistió con sus mejores ropas, se arregló el pelo y se maquilló como no lo hacía desde hacía mucho tiempo —dijo Mark—. Pero usted no fue, y en su lugar mandó a su asesino, ¡al que le dio una llave, ya que el piso es suyo!

—¡No! ¡Nunca le haría daño! El piso es de la empresa, un sitio donde alojar a algunos visitantes que vienen a ver nuestras instalaciones. Precisamente surgió un imprevisto en la empresa y tuve que salir precipitadamente de la ciudad.

—Muy oportuno. ¿Y no la llamó para aplazar el encuentro? —Mark estaba llevando la voz cantante en el interrogatorio y no iba a soltar su presa.

—Sí, pero su teléfono estaba desconectado. Y cuando volví a la ciudad fui directamente a su apartamento y me encontré que estaba la policía en el edificio, y me marché. ¿Por qué iba a ir si ya sabía que estaba muerta?

—¡¿Por qué sacó de la cuenta de gastos ese dinero?! —insistió el detective.

—Yo no fui.

—Está su firma electrónica —aclaró Mark.

—¿Alguien más la tenía? —intervino Jennifer.

Hubo un momento de silencio, hasta que el joven dijo:

—Mi padre.

—¿Su padre? —se extrañó Mark—. ¿Su padre tiene su firma? ¿Cuál puede ser el motivo? Podría sacar él sacar el dinero directamente.

El hombre reflexionó unos instantes y se mesó su densa mata de cabello negro.

—De todas formas, ya nada importa más que salga la verdad. La tiene desde hace años para poder operar sin necesidad de su firma, y a veces la usa cuando no quiere figurar en una transacción.

—¿Qué tipo de transacciones?

—Desde hace muchos años ha tenido diferentes amantes y les ha ido haciendo regalos de bastante valor, y el dinero salía de esa cuenta de gastos. Por eso cuando el otro día vi la salida no me extrañó, aunque es cierto que era una cantidad más elevada de lo habitual.

—¿Mató su padre a su madre?

—Fue un accidente… —el hombre estaba desconcertado—. No lo sé, lo único que sé es que la maltrataba, pero ella nunca se quejaba.

—¿Dónde está su padre en estos momentos?

—En casa, bueno en su casa.

25

UNA ÚLTIMA COPA

Jennifer y Mark, acompañados de Ron y Perry, se dirigieron en dos coches al ático de los Foster, en realidad del único Foster que quedaba en ella, entre la calle Oeste y Washington.

El mayordomo de nuevo quiso acompañarles entre los ventanales mostraban una panorámica con vistas espectaculares a la gran ciudad, pero Mark le dijo que permaneciese en la entrada.

Cuando entraron en la sala donde estaba Kenneth Foster, éste parecía esperarles de pie junto a una elegante mesa con botellas de diferentes licores.

—Permítanme que me sirva una copa de un coñac que guardaba para una ocasión especial. ¿Quieren tomar algo?

—No, gracias. Hemos venido a llevarle a la brigada para interrogarle.

—Sabía que este día llegaría —dijo mientras se escanciaba en una copa labrada el líquido cobrizo—. Y así es mejor. Demasiadas mentiras, demasiadas muertes.

Mientras se servía cogió un frasquito transparente con algo que parecía azúcar en su interior.

—Me gusta endulzar el coñac.

Cuando Jennifer quiso reaccionar ya era tarde. El hombre de un solo trago se bebió en contenido de la copa.

—¡Veneno! —afirmó Jennifer.

—Como comprenderán un hombre como yo no puede ser detenido y menos aún ir a la cárcel.

—¡Maldita sea! —exclamó Mark—. ¡Llamad a emergencias!

—¿Es cianuro? —intervino Jennifer.

—Efectivamente. Si lo conoce ya sabe que los chicos de emergencias no llegarán a tiempo. Su efecto letal es rápido. He calculado la dosis para que en unos minutos el veneno estrangule las células del organismo por asfixia. En cuanto llega al estómago reaccionará con los ácidos y será absorbido por la sangre —dijo con parsimonia—. No es una muerte muy dolorosa, algunos vómitos, y ya está.

—Tengo algunas dudas que igual usted podría resolver —le dijo Jennifer.

—No tengo objeción alguna, pero sólo le concederé unos minutos. Luego tengo otro compromiso más importante e ineludible.

—¿Por qué trató de matarnos en el hotel de Aurora?

—Le puedo asegurar que esa idea no fue mía. A Bill se le fue la mano con la bomba en el hotel. Fue cosa suya, le gusta explotar bombas, causar daños, matar gente. Un buen sicario, pero un riesgo para todos los que se acercan a él.

—¿Y Patti?

—Era un cabo suelto.

—El resto ya lo sabemos. Su hija no era en realidad su hija, y si se descubría sería un grave daño para su popularidad para llegar al Senado, y aunque no se descubriese, una hija en una secta no es una buena propaganda, pero sobre todo el mayor problema es que ella estaba convencida de que usted mató a su madre y podía irse de la lengua y sembrar dudas con respecto a su reputación.

El hombre asintió.

—Cuando supe que Michael había quedado con Evelin en el apartamento hice que surgiese un imprevisto en la empresa para que no pudiese acudir. No podía esperar más. Ella podía volver de nuevo al centro De un nuevo comienzo donde sería más difícil acabar con ella.

—Sin embargo, sí que mataron allí a Patti.

—El asunto se fue complicando y Bill, bueno Bill siempre

quiere cortar por lo sano. Él no quería dejar rastro alguno. Esa chica era un cabo suelto y tenía una estrecha relación con Evelin, y no sabíamos hasta qué punto conocía la verdad de todo esto. Evelin un día vio que yo pegaba a su madre, y desde entonces se volvió más distante y más aún cuando murió. En el fondo ella sabía que yo hice que la mataran. Joe era un estupendo mecánico y trucó el vehículo para que al salir de nuestra casa de campo perdiese los frenos al girar el volante lo suficiente para coger una curva cerrada que hay antes de un precipicio. No deja rastro.

—¡Maldito cabrón! —se oyó una voz masculina en la entrada de la sala.

Al girarse, Jennifer vio al mayordomo con la mirada desencajada.

—¡Yo la amaba y ella me amaba a mí! ¡Tú la mataste y también mataste a Evelin, nuestra hija!

—¿Sabía que Evelin era hija de su mayordomo? —le preguntó Mark.

—Empecé a sospechar hace tiempo, hasta que ella misma me lo confesó y me pidió el divorcio.

—Yo… yo no sabía nada que fuese a separarse —el mayordomo sollozó poniéndose la mano en la boca—. Se lo pedí muchas veces, pero ella siempre me daba largas.

—Ven, cómo iba a permitir que se supiese que me dejaba por un tipejo así —la voz llena de orgullo y odio llenó la gran sala—. Entonces se lo hice pagar a Madeleine y mi venganza para él fue hacer que siguiese trabajando para mí, junto al hombre que más detestaba. ¡Cómo iba a dejar que mi mujer se separase de mí y fuese a tener un hijo con el mayordomo! Era totalmente inaceptable. Hubiese sido el hazmerreír de toda la ciudad.

El mayordomo se acercó con la intención de agredirle, pero Ron había oído el alboroto y llegó a tiempo para interponerse.

—No se preocupe por su venganza —le dijo Jennifer—, en unos minutos estará muerto.

Al regresar a la brigada, Mael se acercó.

—Enhorabuena —dijo el capitán.

—¿Por qué? —preguntó Jennifer.

—Ya sabes…

—No, ¿a qué se refiere?

—Vamos, por resolver el caso.

—Ah, vale. Es que me ha gustado oírselo decir por primera vez.

El hombre dio un suspiro y se alejó meneando la cabeza.

A veces, el detective no sabía si Jennifer le hablaba en serio o les estaba tomando el pelo, y por si acaso se limitaba a asentir.

26

EL LOCAL DE KAYLA

Era viernes por la tarde. Insólitamente cuando entraron los miembros de la brigada y los de Solution Channel, el bar de Kayla estaba más vacío de lo habitual a esas horas.

—Hay un partido importante de la National Football League entre los Giants y los Jets —les dijo una de las guapas camareras negras de Kayla.

—Si pusieras un par de grandes pantallas lo tendrías abarrotado de forofos neoyorkinos de un equipo y del otro —le dijo Úrsula a la propietaria.

—Entonces no vendríais vosotros a celebrar que cogéis a los malos, ni tampoco lo harían muchos otros. Aquí se viene a escuchar música en directo, a conversar y pasárselo bien —dijo Kayla y empezó a servirles unos cócteles a su gusto.

—Estarás satisfecha, el mayordomo no era el culpable, pero de alguna manera estaba implicado —le dijo el detective a Jennifer.

—El mayordomo no era el asesino, era el padre de Evelin. Su marido siempre estaba fuera, y el mayordomo siempre estaba en casa. El final era previsible. Un hombre más joven de buena presencia, una mujer desatendida.

—Al principio fueron discretos y quedaban para sus encuentros fuera de la casa, pero con los años, y que cada vez el marido pasaba más tiempo fuera de casa, se volvieron descuidados, y Evelin los vio juntos en la cama y al poco tiempo su madre moría en un accidente de coche.

—La madre murió en el supuesto accidente, pero Evelin sabía que su padre la maltrataba. Y dudaba de que su muerte hubiese sido un accidente —aseguró Jennifer—. Antes de ser asesinada, Evelin esperaba a su hermano al que quería mucho. Quizá su relación iba más allá del parentesco y se puso lo más guapa que pudo para causarle una buena impresión, pero quien apareció fue Bill.

—Kenneth prefirió de cara a la sociedad una hija muerta antes que una joven hermosa y vital.

—Mejor una hija muerta a manos de unos fanáticos, que una hija fanática viva. Y más cuando él podía aparecer ante la opinión pública que la había rescatado de sus captores de una secta, y que ellos la habían llevado al suicidio.

—Ha sido interesante comprobar una vez más cómo es la naturaleza humana, sus pasiones, sus emociones…

—Si no hubiese sido por tu perseverancia, el caso se habría cerrado en falso.

—Cuando vi el cuerpo sin vida de Patti, le prometí que cazaría al culpable, y las piezas del puzle aún no estaban bien colocadas.

Desde el escenario, la bella Nicole silbó poniéndose los dedos en la boca para llamar la atención del grupo para que acudiesen. Mientras se ponían en pie ya sonaba la música de Sixteen Tonns y enseguida todos cantaron: *Algunas personas dicen que el hombre está hecho de barro. Un buen hombre está hecho de músculos y sangre, músculos y sangre, piel y huesos. Una mente que es débil y una espalda que es fuerte. Cargas dieciséis toneladas ¿y qué obtienes?, otro día más viejo y más endeudado. San Pedro no me llames porque no puedo ir, le debo mi alma al almacén de la compañía. Nací una mañana cuando el sol no brillaba…*

Puedes encontrar más aventuras de Jennifer Palmer en Amazon.

Printed in Great Britain
by Amazon